前世は龍のツガイだったようです。

天野かづき

19481

角川ルビー文庫

目次

前世は龍のツガイだったようです。　五
前世は龍のツガイだったようです。～後日談～　一亖
あとがき　二兲

口絵・本文イラスト／陸裕千景子

前世は龍のツガイだったようです。

月のきれいな晩だった。

満月まではあと三日だな、と男が言う。名前はレグナ。人の姿をしているけれどその本性《ほんしょう》は龍《りゅう》だ。

少し視線を逸《そ》らせば、ベッドから見える窓の外には、満月にはまだ足りない、けれど充分《じゅうぶん》にふっくらとした月が浮《う》かんでいる。室内を照らすのはその月明かりだけだったけれど、極《ご》近くにあるレグナの表情はよく見えた。

お前が俺の番《つがい》になるのだと思うと、儀式《ぎしき》の日が楽しみでならないと囁《ささや》いて、レグナはその唇《くちびる》を重ねてくる。

うっとりと目を閉じて口づけに応《こた》えてから、自分も楽しみにしていると告げると、レグナは満足げに微笑《ほほえ》んだ。そして、そのまま自分をベッドにゆっくりと押し倒《たお》す。

レグナの手が緩《ゆる》く結ばれた帯を解き、肌《はだ》に触《ふ》れる。手と口で存分に高められ、幾度《いくど》となくレグナのものを受け入れてきた場所を長い指で丹念《たんねん》に解《ほぐ》された。

高く足を抱《かか》え上げられて、熱いものが押し当てられると、期待するような声がこぼれる。

太いものが入り込んでくる感覚に、思わず息を詰《つ》めた。けれどすぐにそれではだめだと思い直して、ゆっくりと息を吐《は》く。

覆《おお》い被《かぶ》さっているレグナが、褒《ほ》めるように頬《ほお》を撫《な》でた。

そのまま少しずつ、体の深いところまで押し開かれていく。折りたたまれたような体勢が苦しい。大きく開かれた股関節《こかんせつ》が痛い。けれど、それ以上に強い快感が湧《わ》き上がって、苦痛を押し流していく。

腕《うで》を伸《の》ばして相手の肩《かた》に抱《だ》きつき、逞《たくま》しい腰《こし》に足を絡《から》める。

もっと奥、深いところまでいっぱいに埋《う》めて、全部レグナでいっぱいにしてと、強請《ねだ》るように口にした。

耳元でレグナがクスリと笑う。ああ、そうしようと頷《うなず》いた。

そして、深い場所を何度も突《つ》かれて……。


「ッ……！」

びくんと体を揺《ゆ》らして、立花昴《たちばなすばる》は目を覚ました。

呆然《ぼうぜん》と天井《てんじょう》を見上げ、それから状況《じょうきょう》を悟《さと》って暗い顔でため息をこぼす。

「またかよ……」

うんざりという感情をたっぷりと込めて呟《つぶや》き、体を起こすと、いやいやながらそろりと羽毛《うもう》蒲団《ぶとん》を持ち上げる。

分かっていたことではあるが、べっとりと湿《しめ》った感触《かんしょく》のする股間《こかん》を見つめて、再びため息をこぼした。

「あー……最悪……っ」

下着ごとジャージを脱《ぬ》いで、そのままベッドを降りると洗面所に向かう。幸いここは一人暮らしをしているアパートで、人目を気にする必要はない。

昴はこの春、大学三年に進級した。このアパートでの生活も三年目に突入《とつにゅう》したばかりだ。あまり物に執着《しゅうちゃく》しない質《たち》のため、室内に余計な物は少なく、スッキリと片付いている。

ジャージはそのまま洗濯機《せんたくき》に放り込み、べっとりと濡《ぬ》れた下着は冷たい水でジャブジャブと適当に手洗いしてから、同じように洗濯機に突っ込んだ。

洗剤《せんざい》を入れてスイッチを押しながら、こぼれるのはまたしてもため息だ。

しかしそれも無理からぬことだろう。

「毎日毎日……何回やれば気が済むんだよ」

がっくりと肩を落として、鏡に映るクマの浮いた顔を見つめる。いい加減寝不足《ねぶそく》だという自覚はあった。

しかし夢の中とはいえ、毎晩のように男に犯《おか》されて、その上夢精までしてしまっている状況だ。どうにも眠《ねむ》りに就《つ》くのが恐《おそ》ろしく、ついつい夜更《よふ》かししてしまうのもしょうがないだろう。

しかも、これはただの夢ではない。

昴にはそれが、前世に実際にあった出来事だという確信があった。

どうして分かるのかと訊《き》かれれば困るが、覚えているのだから仕方がない。

――子どもの頃《ころ》から、昴にはわずかながら前世の記憶《きおく》があった。自分には誰《だれ》か、とても大切な相手がいたという記憶が。

そして、微《かす》かに残る記憶を補強するように夢を見続けてきたのである。そのときどきの年頃の夢を……。

子どもの頃はどちらが夢か現《うつつ》か分からないほどで、言葉を覚えるのにも酷《ひど》く苦労した。現実と夢の中とで、同時に二つの言語を教わっているような状態だったからだ。

そんな環境《かんきょう》は言語以外にも様々な面で、昴に影響《えいきょう》を与《あた》えた。

現実から乖離《かいり》しているような感覚と言えばいいのだろうか。いつでも、ここは自分の本当の居場所ではないという気がしていた。

そのせいで、今でも両親に対して深い情を持てないところがある。

自分にはこの世界にいる誰よりも会いたい相手がいる、という感覚が抜《ぬ》けなかったせいもあるだろう。

もちろん、これは中二病というやつなのではと悩《なや》んだこともあったが……。

そんなことがどうでもよくなるほどの出来事が、夢の中で起こったのは、高校一年の秋のことだ。

昴は夢の中で、一匹《いっぴき》の龍に出会った。その世界において龍は、人知の及《およ》ばなさから神のように崇《あが》められてはいたものの、ごく普通《ふつう》に存在する生物であり、出会ったこと自体はおかしくない。

しかし、こともあろうに人に変化したその龍の雄《おす》――いや、男と恋仲《こいなか》になってしまったのである。

自分がずっと会いたいと思っていた相手が、その龍だと気づいたときは本当に落ち込んだ。

「どうして前世の俺はわざわざ男とあんなこと……」

しかも人間ですらない。

趣味《しゅみ》が悪いにもほどがあるのではないだろうか。

最初にやられたときは、あまりのショックに寝込んだ。夢の中の自分も寝込んでいた。だが、それでも龍は自分の寝所《しんじょ》を何度も見舞《みま》い、体調が良くなればまた抱いた。夢の中の自分はそれに嬉《うれ》しそうに応えていたが、目が覚めれば自己嫌悪《けんお》の嵐《あらし》……。

そうして逢瀬《おうせ》の回数が二桁《ふたけた》を超《こ》える頃になって、昴は諦《あきら》めとともに決意した。

前世なんかに振《ふ》り回されない！　あんなのはただの夢！　必ず可愛《かわい》い彼女を作ってリア充になる！　――と。

けれど、決意とは裏腹に、昴の恋愛《れんあい》はなかなか上手《うま》く行かなかった。

夢の中では、他《ほか》の雄龍にまで求婚《きゅうこん》を受けるほどのリア充振りだったというのに、現実は厳しい。

「前世の俺って、爬虫類《はちゅうるい》にモテるタイプだったのかな……」

どういうわけか、前世と今で顔の作りは大きく変わらない。髪《かみ》や目の色は違《ちが》うが、その程度だ。遺伝子はどこに行ったのかと思うし、両親との溝《みぞ》もそのせいでますます広がった気がしなくもない。

なので、ひょっとしたら今生でも爬虫類にモテる可能性はあるが、龍などという生き物のいないこの世界では確かめようもないし、確かめたくもない。

男でその上龍とか、前世の自分は相当に趣味がおかしい。確かに人間の姿になった龍はとんでもない美形だったけれど、男は男である。

「それにしてもなー……」

そりゃあもちろん、男を好きになる男がいることも分かっているし、前世の自分もそうだった。人のことであれば、別にいいんじゃないか？　と思う。

けれど、自分は違う。断じて違う。

今年こそ、彼女を作ってみせる……！

決意も新たにシャワーを浴び、簡単な食事を作った。トーストした食パンに、スクランブルエッグをそのまま載《の》せて塩胡椒《しおこしょう》とマヨネーズを少し。それを半分に折り畳《たた》んで皿も使わずに立ったまま食べる。マグカップに入っているのは牛乳で、喉《のど》に詰まりそうになるパンをそれで押し流す。

惰性《だせい》でつけていたテレビからは、今日の天気予報が流れてきた。晴天、雨の確率は〇パーセント。

『今日はスーパームーンなんですよ。お月様がいつもより大きく見えるんです。ぜひ、夜にはお月見を楽しんでみてはいかがでしょうか？』

春らしい明るい服装のお天気お姉さんの言葉を聞き終わる頃には、トーストを食べ終わり、フライパンと菜箸《さいばし》をささっと洗って洗いかごに伏《ふ》せる。

そして、今日の授業に必要なテキストをバッグに詰めると、アパートを出た。

三年になってコマ数はぐっと減り、大学には週四日だけ行けば事足りる。講義もほとんどが午後から組んであった。けれど、金曜日の今日だけは、一限に経済学の講義が入っているのだ。取るか最後まで迷ったが、試験は持ち込み可、出席さえしていれば、単位がもらえるという評判を聞いて入れてしまった。

正直、少しだけ後悔《こうかい》していなくもないけれど……。

あくびをかみ殺しつつ、昴は自転車で駅へと向かったのだった。

「あれ？　立花は二次会行かないのか？」

「あー、うん。今日は止《や》めとく」

この季節、大学では週末のたびに飲み会が行われている。

新入生歓迎会《かんげいかい》と称《しょう》して、サークル員を獲得《かくとく》するべく開かれるものがほとんどだ。

昴も誘《さそ》われるままに入ったサークルがあり、今日も一次会だけでもと言われて参加していた。

この時期の飲み会だけは一年生の分の飲食代を、二～四年生で負担しなければならないという決まりがあるため、ある意味義務である。

「この前バイト先のコンビニ潰《つぶ》れちゃってさ、今財布《さいふ》厳しいから」

「マジかー。まあそんなら仕方ないよな。またなー」

昴の言葉に友人は気の毒そうな顔をすると、そう言って片手を上げた。

「二次会行く人はこっちねー」

副会長である女性の声に、ぞろぞろと移動していく彼らをなんとなく見送って、一人駅へと向かう。

四月もそろそろ終わり。去年の今頃はもう暑かったような気がするのだが、今年は例年より少し気温が低いらしい。

それでも、酒で火照《ほて》っているせいか、寒さは感じなかった。

金曜日特有の、酔《よ》っ払《ぱら》いだらけの電車に二十分ほど揺《ゆ》られ、アパートの最寄《もよ》り駅で降りる。

準急も止まらない、ホームも一本しかないこぢんまりとした駅は、人影《ひとかげ》もまばらだ。

改札を抜け、契約《けいやく》している自転車置き場へと向かいながら、昴はふといつもより夜道が明るいことに気づいた。

「……スーパームーンがどうとかって言ってたっけ」

呟《つぶや》いて、顔をあげると、確かにいつもより月が大きく感じられた。

まん丸い満月が、煌々《こうこう》と地上を照らしている。

「そう言えば夢でも、満月がなんとか言ってた気がするな」

三日後が満月だとか、儀式《ぎしき》だとか番《つがい》だとか……。

もちろん、そこまでの過程も夢で見ているから、それがどういう意味を持つのかは分かっている。

満月の日に、前世の自分はいよいよ、あの男と番の儀式を行う……有《あ》り体《てい》に言えば結婚《けっこん》するのである。

「考えただけで頭痛い……」

できれば三日後は眠らないようにしよう、と思う。それでどうにか、追体験してしまうことだけは避《さ》けよう。

そんなことを思いながら俯《うつむ》いてため息をこぼした昴は、自分の影が黒々と濃《こ》さを増していることに気づいた。

別に街灯の下に来たというわけでもない。一体どういうことかと、もう一度空を仰《あお》いだ昴は思わぬ光景に言葉を失った。

――月が眩《まぶ》しい。

「なんだ、これ」

いくらスーパームーンと言っても、これはおかしい。まるで太陽にでもなったかのようではないか。

しかも月の明るさはそこで止《とど》まらず、さらに光度を増していく。

あまりの眩しさに昴は思わず目を閉じた。途端《とたん》、浮遊感《ふゆうかん》に包まれて、慌《あわ》てて足を踏《ふ》ん張ろうとする。

酔っ払った状態で目を閉じたことで、平衡感覚《へいこうかんかく》を失ったのかと思ったのだ。

けれど足が地面を踏むことはなかった。どこまでも落ちていくような、いや、浮《う》かびあがっていくような不思議な感覚がして……。

そして、そのまま何も分からなくなった。

○

「――気づかれぬとも思えんが……」

「仕方があるまい。我々は龍神《りゅうじん》に言われた通りにしただけだ」

「しかし、男というのは……」

「では他の娘《むすめ》と入れ替《か》えるか？」

「いや、それでは龍神を謀《はか》ったことになる」

「やはり、結果がどうあれ連れて行くほかあるまいな」

どこからかそんな声がして、昴は眉《まゆ》を顰《ひそ》める。

まるで聞き覚えのない声だ。一人や二人ではない。声はどれも男性のもののようだが、どこか違和感《いわかん》がある。

何だろうと考えるうち、もやもやとしていた違和感の正体に気づいた。

「――……あ、そ…か……夢……」

呟いてゆっくりと目を開ける。取り囲むように立っていた男たちが、ハッとしたように昴を見つめた。

「目を覚ましたか」

声同様、やはり知らない顔だ。そして、その口からこぼれた言葉は、日本語ではない。

違和感の正体はこれだ。間違《まちが》いなく、彼らが話しているのは夢の……前世の世界の言葉だった。

しかし、夢の中でこれが夢だと思うのは初めてである。いつもは目が覚めるまで、現実だと思っているのに。

その上、なぜか彼らの姿は、紗《しゃ》がかかったようにぼんやりとしている。

いや、なぜかではない。実際何かが顔にかかっているようだ。しかし確認《かくにん》のため手を上げようとして、昴はようやく異常に気づいた。

「あれ……」

体が、酷《ひど》く重い。

身じろぎする程度ならできるが、腕《うで》を持ち上げるまでは至らない。口もあまり動かなかった。まるで石か鉛《なまり》でも詰《つ》められているみたいだった。

意識があっても、やはり過去の出来事は変えられないということなのだろうか？　体は過去に起きたことを踏襲《とうしゅう》することしかできないとか？　あり得ないことではない気がする。

そのわりに喋《しゃべ》れるというのは不思議だけれど……。

「支度《したく》が調《ととの》いました」

考えていると、どこかからそう声がした。

「運び出せ」

ぐらりと地面が揺れるような感覚があって、昴は目を瞠《みは》る。どうやら自分は何か、担架《たんか》のようなものに乗せられているらしい。体が動かせないまま、運び出されていく。

「あ、の…ちょっと待って……」

まったく事態が飲み込めない。一体どうなっているのだろう？　これはどういう状況《じょうきょう》なのか。

自分は三日後——もう二日後になったのかもしれないが——に儀式を控《ひか》えて、龍と一緒《いっしょ》に巣穴で暮らしていたはずだ。

それが突然《とつぜん》こんな、大勢の人間に囲まれてどこかへ運ばれているなんて、空白の時間に一体何があったのか。

そんなことを思ううちに、視界は一度真っ暗になった。しかし、すぐにほんのりとオレンジ色の明かりのある場所へと移される。何か乗り物に乗せられたのだと気づいたのは、ガタガタという揺れを感じてからのことだった。嘶《いなな》きが聞こえるところからすると、どうやら馬車のようだ。

本当にこれはどういう状況なのだろう？

このまま大人しくしているべきなのだろうか？　夢ならばどんな理不尽《りふじん》なことになろうとも、いずれは目が覚めるだろう。けれど逆に、自分が何かしてしまったとしても、改変されるのはあくまで夢であって、前世そのものではない。

だったら別に、どう動いてもいいのではないだろうか？　少なくとも、緩慢《かんまん》にではあるものの、口は動くのだし……。

「す……みませ……俺、ど……して……」

どうしてこんなことになっているのかだけでも知りたくて、昴は天井《てんじょう》へと顔を向けたまま、誰《だれ》にともなく問いかける。

一緒に乗ってきた男たちは、しばらく沈黙《ちんもく》していたが、やがて誰かがぽつりと言った。

「――このまま何も分からぬうちに、というのも不憫《ふびん》ではあるか」

「ですが、万一逃《に》げられでもしたら」

誰かが諌《いさ》めるように口にする。どうやら先に話した男のほうが立場は上のようだ。

「目が覚めたとはいえ、薬の効き目はまだまだ続く。ことここに至ってはそんな心配は無用だろう」

薬という言葉にぎょっとする。

では、体が動かないのは夢とは関係なく、その薬とやらのせいなのだろうか。

ますます頭が混乱してくる。自分はこんな目に遭《あ》ったのだろうか？　分からない。覚えていると言っても、今の自分より先のことはほとんど分からないのだ。

「知りたいというならば教えよう。どうする？　聞かねばよかったと思うかもしれぬぞ」

「……知り……た……い」

迷ったのは一瞬《いっしゅん》だった。ろくなことではなさそうだが、聞かないままにするほうがいやだ。

「分かった」

男はそう言うと、ぽつりぽつりと話し始める。

この世界には人と獣《けもの》の他《ほか》に、龍が住むこと。人と龍は、人が龍を崇《あが》め、庇護《ひご》を請《こ》うことで争うことなく暮らしていること。

それはどちらも、昴の知っていることだった。むしろ、どうしてそんな話をするのかと不思議に思う。

だが。

「先頃《さきごろ》、我々の国を庇護する龍神から、一つの命が下った。人の持つ召喚術《しょうかん》で、ある者を召喚しろ、と」

「召、喚……？」

そんな術があるなんていうのは初耳だった。

いや、都のほうには怪《あや》しい術を使う者がいるという噂《うわさ》を、耳にしたことはあったかもしれない。

「そなたは異世界から、龍神の番《つがい》となるために召喚されたのだ」

「…………え」

間の抜《ぬ》けた声が、昴の唇《くちびる》からこぼれた。

「いせ……か…い？」

「そうだ。ここはそなたが今まで暮らしていたのとはまるで違う世界だ。龍神に与《あた》えられた依《よ》り代《しろ》を使い、定められた通りに召喚の義を行った。そなたは不運であったとしか言いようがないが」

「ちょ……ま…」

どういうことだ？

訊《き》いたことによって、昴はますます混乱する。そんな設定はなかったはずだ。前世の自分は間違いなくこの世界で生まれ育った。

まさか、あの世界から別の世界に召喚されたのか？

けれど、彼は『龍神』と言った。前世と同じ言語を話す、龍のいる世界。そんな別の世界に召喚されたと考えるより……。

ぞくりと、背筋に冷たいものが走った。

考えたくない。その可能性に気づきたくない。

けれどそう思ったときには、もう分かっていた。

――現実の自分が、この世界に召喚されたのだと考えたほうが、合理的だと。

ここは、夢の中なんかじゃない？

「……い…やだ…っ」

昴は必死で体を起こそうとした。けれど、やはり体はいうことをきかない。手のひらを床《ゆか》につけるのがやっとで、それを押して体を起こすような力は入らない。やはり、先ほど言っていた薬のせいなのだろう。

「か、えして……」

龍の番になるなんて冗談《じょうだん》ではなかった。というか、嫌《いや》な予感がする。ものすごくする。

「気の毒だとは思うが、召喚術はこちらへと呼ぶだけのもので、帰すことはできぬ」

「そん……な」

無責任にもほどがある。

「我々も国のために仕方なくしていることだ。龍が人を食うという話は聞かぬ。番として迎《むか》えるというからには、酷《ひど》い扱いをされることもないだろう。……おそらくだが」

「っ……」

おそらくとか、そういうことを、ぽつりと付け足すのはやめて欲しかった。逆に怖《こわ》い。

いや、そもそも番というのが嫌なのだ。龍が人を食べないことなんて、自分もよく知っている。

大体、龍が人を番にするなんておかしいだろう。いや、前世ではそういう流れだったけれど、あれも相当おかしな話だった。

だがそう思う反面、龍が人を……しかも男を番にする可能性があるということを、昴は充分《じゅうぶん》すぎるほど知っている。

そんなはずがないと思う、思いたい。けれど……。

いくらジタバタしようとしてもどうにもならないまま、無情にも馬車が止まる。

再び運び出され、昴は祭壇《さいだん》のような、磨《みが》かれた石の上に横たえられた。屋外なのだろうか？

しかし空に月は出ていないし、顔にかけられた薄布《うすぬの》のせいで、星があるのかもよく分からない。

周囲には篝火《かがりび》が焚《た》かれ、酒樽《さかだる》のようなものや果物などが置かれていくのが視界の端《はし》に見える。

完全に生贄《いけにえ》の構えだ。

「待てよ……っ、帰し……」

男たちは昴の言葉には耳を貸さず、そそくさと作業を終えると、昴から離《はな》れていく。

「龍神様《りゅうじんさま》！　命に従いお連れいたしました！　どうぞお召《め》しください！」

先ほど事情を説明してくれた男が、大きな声で言った。

「――ご苦労だった。お前たちはもう帰るがいい」

答えたのは咆哮《ほうこう》のような、地響《じひび》きにも似た声だ。

足音がして、やがて馬車の遠ざかっていく音が聞こえた。

そして、完全に馬車の音が聞こえなくなる頃になって、今度は馬車が去っていったのとは反対側から土を踏《ふ》む音がする。

「……ああ、このときをずっと待っていた」

感嘆《かんたん》の声が耳朶《じだ》を打つ。先ほどの声とは違う、深く甘い声だ。

やはりそうなのか。

昴は、その声に聞き覚えがあった。聞き覚えどころではない。毎晩のように聞いていた声だ。

伸《の》ばされた指が頰《ほお》に触《ふ》れ、ゆっくりと顔にかかっていた薄布を捲《めく》り上げる。

「ルカ」

前世の自分の名前を呼んだのは、今朝方の夢で見たばかりの男……レグナだった。まるで今朝の夢の続きかと思うほど、レグナの容姿には変化がない。

――やっぱり夢なのではないだろうか？

思わずそんな風に現実逃避《とうひ》したくなる。

「…ひ……人違《ひとちが》い……です」

レグナが驚《おどろ》いたようにパチリと瞬《またた》いた。

「何を言う。俺がお前を間違えるはずがあるまい？」

「ち、がうものは、違う……っ」

少なくとも今は、自分は『昴』である。

「つれないことを言うな」

そう言ってレグナはゆっくりと唇を重ねてきた。

「っ……」

拒《こば》む間もなかったし、そもそも体が動かないのでどうしようもない。幸いキスは触れただけですぐほどけた。

「うん？　お前、ひょっとして、動けないのか？」

その問いに頷《うなず》いたつもりだったが、実際にはほんの少し顎《あご》が揺《ゆ》れただけだった。それでも、とりあえず意図は伝わったらしい。

「薬……を」

「なるほど。お前が逃《に》げるとでも思ったのだろうな。人にも困ったものだ」

レグナはそう言うとため息をこぼした。もとはと言えば、どう考えてもレグナのせいなのだが。

「薬が抜けるまでは、気にせずじっとしていればいい。俺がすべて面倒《めんどう》みてやろう」

そう言うなり、ぐいと横抱《よこだ》きに抱き上げられて、昴は目を瞠《みは》る。

「何……」

「今すぐ抱きたいところだが、せっかくの再会だ。褥《しとね》で存分にと思ってな」

「し……っ」

「や…降ろして……っ」

もちろん何を存分にする気かなんて、聞かなくとも分かる。

「すぐに着くから、我慢しろ」

そういうことではない。というか、こっちがやりたくて仕方がないかのように誤解するのはやめて欲しい。

「人違……だって……言って…っ」

「何を言う。お前は間違いなく俺の恋人《こいびと》だ」

「そ、れは……」

それは前世の話だろうと言おうとして、昴は口を噤《つぐ》む。

果たしてそれは言ってもいいことだろうか？　前世の自分はレグナを心から慕《した》っていたけれど、現在はそうではない。

だったらいっそ、覚えていないことにしたほうがいいかもしれない。

そもそも、覚えていたところで自分とは別人なのだし……。

気持ちに応《こた》えられないなら、いっそ知らないことにしておいたほうがいいのではないだろうか？

レグナだって、そのほうが諦《あきら》めがつくというものだろう。

「――――恋人……て…知らない、し……そんな…覚えて、ないです」

「覚えてない？　俺のことを？」

レグナはよほど意外だったのか、驚いたように目を瞠った。

「覚えてな…い」

「ふむ。そういうことか……」

そう言って、レグナは昴をベッドへと降ろす。どうやらいつの間にか到着《とうちゃく》していたらしい。

「ならばまた一から教えていこう」

「何……っ」

覆《おお》い被《かぶ》さってきたレグナに再びキスされて、昴は目を瞠った。

教えるって、一体どういう方法で教える気だと、内心盛大に文句を言うが、口を塞《ふさ》がれていてはままならない。

「んっ……」

その上先ほどの行儀《ぎょうぎ》のいいキスとは違い、今度は容赦《ようしゃ》なく舌が入り込んできた。

口の中をかき混ぜられる感覚は、実際には初めてのはずなのに、よく馴染《なじ》んだ行為《こうい》のようで自分の感覚が信じられなくなる。

レグナの手が、昴の服をたくし上げるのが分かった。先ほど、抱き上げられたときに視界に入った様子からして、昴が今身につけているのは、飲み会の帰りに着ていたはずの洋服とはまったく違うものだ。おそらく気を失っている間に、着替《きが》えさせられていたのだろう。随分《ずいぶん》と豪《ごう》華《か》な衣装だった。

たくし上げられたのは、裳《も》と呼ばれるスカート状の衣類だ。レグナの手はあっさりと潜《もぐ》り込み、太股《ふともも》に直接触れる。

けれど、やはり抵抗《ていこう》はできない。いつも夢でされていたこととはいえ、実際に自分の意識があるまま――何より自分の体でされるのでは意味が違う。

「や……ぅっ」

必死に言葉を綴《つづ》ろうとしても、舌を吸われてしまえばどうしようもない。もどかしさと焦燥《しょうそう》にじりじりしているうちに、足を撫《な》でていた手が内股を辿《たど》り、さらに上へと向かう。

「んっ、ん……！」

まだやわらかいものを、手のひらでゆっくりと撫でられた。手の感触《かんしょく》もキスと同じように、実際は知らないはずなのに、慣れ親しんだもののように感じて、嫌悪感《けんおかん》が湧《わ》かない。

嫌《いや》だと思うのに、すぐにでもやめさせたいという気持ちは本当なのに、気持ちとは裏腹に少しずつ芯《しん》を持ち始めるのが分かった。

「以前と変わらない、素直《すなお》な体だ」

「やめ……っ」

顔を覗《のぞ》き込んで、レグナが嬉《うれ》しそうに笑う。

その顔になぜか胸がきゅんとして、昴は驚きに目を瞠った。この状況《じょうきょう》でまさか、男相手にときめいたとでもいうのだろうか。

だとしたら、自分の体は相当おかしい。

いくら前世では恋仲だったとはいえ、今は初対面の他人だというのに……。

「こちらはどうだ？　俺を覚えていないか？」

帯も解かないまま、胸元《むなもと》に手を入れられた。女性用のものと思われる服は随分と襟《えり》の開いたデザインで、ほとんど乱されることのないまま、まさぐられて、中指が乳首《ちくび》に当たる。

「あ……っ」

「随分と小さいな。またゆっくりと育ててやろう」

「い、らな……っ」

胸元に顔を近付け、片手で器用にはだけさせると、剝《む》き出しになった場所に唇《くちびる》が触れる。

ちゅうっと音を立てて吸われて、あるかないかという大きさだった乳首が、行為を重ねるうちにやや大きさを増したことを思い出し、羞恥《しゅうち》に頰が熱くなる。

ぷっくりと膨《ふく》らみ、一回り大きくなるまで可愛《かわい》がられて、そこだけで達することができるようになるように何度も弄《いじ》られた。

また、そんな風にされるなんて冗談《じょうだん》じゃないと思うのに……。

「期待しているようだな。こちらが反応したぞ」

「あっ、うそ……っ」

「うそではないさ。ほら……」

「ひ、ぁっ」

手で包むようにして上下に扱《しご》かれて、確かにそこが先ほどより硬度《こうど》を増していると認めざるを得なくなる。

「なんで……」

まだ乳首で快感を得られるはずがない。前のときだって、ちょっと触《ふ》れられるだけで感じてしまうようになるには時間がかかった。

快感というのは、体ではなく記憶《きおく》に因《よ》るのだろうか？　分からないが、自分の体がレグナに触れられることは快感なのだと誤認《ごにん》している気がする。

毎晩のように繰《く》り返された記憶が、現実と夢の境界を曖昧《あいまい》にしてしまう。

「ん、は…っ、ああ……っ」

そうしている間にも、くびれから先端《せんたん》にかけてを何度も指でなぞられて、レグナの手の中のものがますます固くなっていく。

「濡《ぬ》れてきたな」

「ああっ……や…ぁっ、だ…め…っ」

手の動きが、ますます激しくなる。堪《こら》えようにも力の入らない体ではどうしようもなく、昴はあっさりとイカされてしまった。

「は…っ…は…ぁ」

ようやくレグナの手が離《はな》れる。けれど、そのことにホッとする間もなく、力の入らない左足をぐいっと持ち上げられた。

「や……見ない…で…っ」

何も脱《ぬ》がされないまま、服の中でどろどろになった場所をさらけ出されて、昴は堪《た》えきれずに目を瞑《つぶ》る。

「たっぷりとこぼしたな」

「い…わない…で…っ」

空気に触れてひんやりとする太股を指でなぞられて、そこが濡れていることを意識せずにはいられなくなる。

ところどころ張り付いている、濡れた布の感触が不快だった。

「ふむ、体に力が入らぬせいか……」

「あ……！」

昴のこぼしたもので濡れたレグナの指が、足の奥へと触れる。

「ここもさほどきつくはないようだ……これならば」

「あ、あっ」

指が中に入り込んでくる。痛みはなかった。締《し》めつけることがほとんどできないのである。

指はすぐに三本まで受け入れさせられたが、そうなって初めて少しきついと感じる程度だった。

けれど……。

「あ、やだ…っ……そこ…だめ…っ」

「何を言う。こんなに気持ちよさげにしているではないか」

「う、うそ……」

自由に中を動き回る指で前立腺《ぜんりつせん》を内側から刺激《しげき》されて、イッたばかりの場所がピクピクと反応している。

「本当はもっとゆっくりと可愛がってやりたいが……」

ずるりと指を抜《ぬ》かれ、一度足を下ろされて、昴は予感に怯《おび》えた。

やがてレグナの手が、昴の両足を高く持ち上げる。

「や……やめて……」

「無理を言うな。ずっと、もう一度お前を抱《だ》くことを考えて生き存《なが》らえていたんだぞ？」

そんなことよりもっと考えることがあるだろう。

そう言いたかったが、押し当てられたものの熱に戦《おのの》き、息を呑《の》んだ。

「やだ……い、入れないで…」

「それ以外の言葉もいずれ聞きたいものだ」

「あ、ああ……！」

ぐっと強く押し当てられて、先端部分が中へと潜り込む。

そのままずるずると、指の届かなかった奥まで押し開かれていく。

「は……っ……は……ぁっ」

結局、一番奥まで入れられて、苦しさと快感に浅い息を繰り返す。

いつの間にかこぼれていた涙《なみだ》のせいで、視界が滲《にじ》む。その、滲んだ視界を塞《ふさ》ぐように、レグナが覆《おお》い被《かぶ》さってきて、キスをした。

「――――……ずっと、こうしたかった」

その声があまりにも幸せそうで、胸の奥が甘く痛む。

「っ……」

思わず名前を呼びそうになって、昴は慌《あわ》てて口を噤《つぐ》む。

無理矢理抱かれているのに、どうしてこんな気持ちにならなければならないのだろう。自分の持つ記憶が憎《にく》かった。

「そろそろ動くぞ」

「っ……あっ」

ゆっくりと抜き出されて、ぞくぞくと快感が背筋を震《ふる》わせる。けれどすぐにまた入り込んできたものに最奥《さいおう》を突《つ》かれた。

「あ、あ、あぁ……っ」

奥を突かれるたびに痺《しび》れるような快感が沸《わ》き起こり、声がこぼれる。

しかし、そうして揺《ゆ》さぶられているうちに……。

「あ…っ、あっ、んっ」

「薬が切れてきたか……？」

さっきまでまるで力の入らなかった体に、少しずつ元の感覚が戻《もど》ってくる。

「んっ、んぅっ」

「締め付けが……キツくなってきたな…っ」

レグナの言う通りだった。感覚の戻った場所が、中に入っているレグナのものを徐々《じょじょ》に締めつけ始める。

すると今度は、奥を突かれる快感だけでなく、前立腺を擦《こす》られる快感が混ざり始めた。

「やっ…あっあっ……っ」

気持ちがよすぎて、腰《こし》から下が溶《と》けてしまうような気がする。

目が眩《くら》むような感覚に、まだ少しだるい手で、ぎゅっとシーツを摑んだ。しかしそうすることでますます体に力が入って、快感も強くなる。

「も……だめ……ぇっ」

自分でも恥《は》ずかしくなるような濡れた声をこぼして、昴は二度目の絶頂を迎《むか》えた。

「あ……あ…」

ぎゅっと締めつけた場所をレグナのものが何度か擦り、やがて一番深い場所に押しつけるようにして中を濡らした。

そのままレグナは中のものを抜き出すと、昴を抱き締めて、呼吸の整わない唇《くちびる》に何度かキスをする。

「……どうだ？　少しは思い出したか？」

ぼんやりとした頭で一体何のことかと少し考えて、昴はようやく思い出した。

「――……知らないし覚えてないです」

「強情《ごうじょう》だな」

昴の言葉に、レグナはまるで信じていないようにそう言う。

「別に、強情とかじゃなくて……本当ですから」

少し気まずい気持ちを隠《かく》して昴は言い、ふいと横を向いた。

「……大体、もし覚えてたとして、なんだって言うんですか？　俺は男なんか好きじゃないし、こういうの嫌《いや》なんです」

「なぜだ？」

レグナは不思議そうに首を傾《かし》げる。

「なぜって……俺の世界では、男同士で番《つがい》になるとかは、普《ふ》通《つう》じゃなくて――」

「それはこちらの世界の人間もそう変わらないぞ。龍《りゅう》はあまり拘《こだわ》らぬが、人間はいろいろと取り決めをしているようだな」

レグナの言葉に、昴は言葉に詰《つ》まる。

確かに、そうだった。

ただ、ルカにとって相手は神と等しい存在である龍だったので、もうその辺りは超越《ちょうえつ》していたのである。

「俺はただ、お前が覚えていないはずがないと、そう思っているだけだ」

「……そんなこと、言われても……」

「だが、もしも本当にお前が覚えていないのなら、それでも構わない。俺がお前を好きであることに変わりはない」

言いながら、レグナの腕《うで》が昴をぎゅっと抱き締めた。

「ようやく再び会えたのだから、もう二度と逃《に》がさない」

「ぐ……っ」

徐々に強くなる腕の力に、昴は息ができなくなる。

「ちょ…放し……っ」

「いやだ」

レグナはそれが『二度と逃がさない』に対する答えとでも思ったのだろうか。さらに力を込めてくる。

昴は子どもみたいに言うなと文句を口にすることもできないまま、ふっと意識を失った……。

「龍と人とじゃ、力の加減違《ちが》うとこあるんだから気をつけてください……」

○

目を覚まして最初に、昴はぐったりしつつも文句を言った。

どれくらい落ちていたのか分からないが、室内が外からの光で明るい。もう夜は明けたらしい。

気絶している間に、ぐちゃぐちゃになっていただろう服は脱《ぬ》がされて、裸《はだか》でブランケットの中に入れられていた。

裸というのは気になったけれど、あの服のままでなかったこと、どうやら体を拭《ふ》いてくれたらしいことにはほっとする。

「すまない。そうだった。久々ですっかり忘れていた」

レグナは反省の言葉を口にしながらも、やたらと嬉《うれ》しそうで、まるで反省の気持ちが感じられなかった。

けれど、再び抱きついてきた腕の力は確かに加減されていた。話を聞いてはいるらしい。

「ずっとこうしたかった……」

「だから、俺はあんたの恋人《こいびと》じゃないんですって」

言いながら、昴は腕を振《ふ》りほどこうとしたが、加減をしつつも放す気はないのか少しも緩《ゆる》まない。

「もう離したくない」

「そんなこと言われても困りますから」

そういうのは前世の自分として欲しい、と思う。

しかし。

「百年も待ったんだぞ？」

レグナの口からこぼれた思わぬ言葉に、昴はピタリと動きを止めた。

「…………百年？」

「ああ。ルカが死んでから、もうこちらでは百年が過ぎている」

死んでから……。

「えっ？」

死んでから百年⁉

一体どういうことだろう？

いや、自分が生まれているのだから、前世の自分は死んでいて当然なのだが……。

「とりあえず、最初から全部説明してください。――あんたのこととか、恋人のこととかも全部」

「あくまで覚えていないと言うんだな。ふむ……分かった」

レグナは少し呆《あき》れたようにそう言うと、ゆっくりと話し始めた。

自分が龍の化身《けしん》であること、恋人は人間だったこと。

その恋人が亡《な》くなってから、百年間ずっと探し続けていたこと。異世界にいると分かって、人間たちの持つ召喚術《しょうかん》を使って呼び寄せたこと。

その辺りは、馬車の中で聞いた話と合致《がっち》する。

「どうだ、分かったか？」

「経緯《けいい》は分かりましたけど」

そして大体はすでに知っていたことだった。

「随分《ずいぶん》と時間がかかってしまったが、これからはずっと一緒《いっしょ》にいられるな」

「……そんなこと、一方的に言われても困ります」

なんとかそう返したものの、昴の言葉には覇気《はき》がなかった。

それも当然だろう。まさか百年も経《た》っているなんて、思いもしなかったのだ。それに何より……。

「とりあえず、話はここまでにして風呂《ふろ》にするか。お前が起きるのを待っていたんだ」

つい考え込んでいた昴は、レグナの言葉にハッとして顔を上げた。レグナはすでにベッドを降りて、昴を抱《だ》き上げようとしている。

「ちょっ、ちょっと待って、まさか一緒に入る気じゃないですよね？」

「入るつもりだが、どうかしたのか？」

当然のように言われて、昴はため息をこぼす。

――やっぱりそうか。

前世では一緒に入っていたので、嫌な予感がしたのである。

「風呂は一人で入りますから」

「どうしてもか？」

「……どうしてもです」

答えながら、なんだかこれでは自分のほうがわがままを言っているみたいじゃないか、と思う。

どう考えても、おかしな提案をしているのは、レグナのほうなのに。

「そこまで言うなら仕方ないな。お前が入っている間に食事の用意をしておこう。内風呂はその扉《とびら》から行ける。済んだらこの部屋に戻《もど》って大人しくしていろ」

レグナの説明を聞いて、昴は頷《うなず》く。レグナは先に部屋を出て行く。

昴はそのままベッドを降りようとして、裸だったことを思い出し、ブランケットを巻き付けた。一人なのだから気にする必要もないのかもしれないが、自室ならともかく知らない場所を裸でうろうろする気にはなれない。

床《ゆか》は石造りで、足をつけるとひんやりと冷たかった。今更《いまさら》だが室内を見回すと、石造りの室内は天井《てんじょう》が高いため、実際よりも広く感じる。前に二人で暮らしていたのとは、建築様式からしてまるで違う建物だった。百年も経っているというのだから、その辺りも変化があったのかもしれない。

説明された通り右手側にある扉を開けると、そこは脱衣《だつい》所になっていた。

ブランケットを取り払《はら》い、軽く畳《たた》んで棚《たな》に置く。洗い場に続いているだろうドアを開けると、石でできた広い湯船にお湯が張られていた。

思ったよりずっと広いが、さすがにシャワーはない。

内風呂という言い方からすると、ここはまた別に風呂があるのだろうか？　そんなことを考えつつ、昴は湯船のお湯を桶《おけ》で掬《すく》って体の汚《よご》れを落とし、それからゆっくりと湯船に浸《つ》かった。

ほっと息をついてから、今度は深いため息がこぼれる。

「――なんなんだろ、この状況《じょうきょう》……」

昨夜からの怒濤《どとう》の展開に麻痺《まひ》していた感覚が、ようやく戻ってきた気がする。

百年も前に前世の自分……ルカは死んで、レグナは異世界に転生した昴を、召喚術によってこちらに呼び戻した。

単純に言えばそういうことだろう。

そんなことができてしまうということは驚《おどろ》きだけれど、実際にできてしまっているものは仕方ない。

「それにしても……百年かぁ」

ぽつりと呟《つぶや》くと、またため息がこぼれた。

それを聞いてようやく、もう離《はな》さないとか逃《に》がさないとか、ずっと一緒だとか言っていたレグナの言葉が、心からのものだったと分かった気がする。

百年も、レグナは自分を待っていたのだ。

「って、俺じゃないけど！」

レグナが待っていたのは『ルカ』であって昴ではない。

記憶《きおく》がないというのは嘘《うそ》だけれど、自分がルカそのものでないのは事実だ。

「これからどうすればいいんだろ……」

帰す方法はないと、あの結局誰《だれ》だったのか分からない人間の男は言っていた。

レグナも、わざわざ召喚を人にやらせたということは、龍《りゅう》には使えない力なのだろうし、そもそも帰る方法を知っていたとしても、絶対に帰してなんてくれなそうだ。

だからといって、このままはいそうですかと、レグナと番《つがい》になるのはごめんだった。

でも、一体どうすればいいのか……。

嫌《いや》だと言ったところで、帰る方法もないし、行く場所もない。

「完全に詰《つ》んでるよな」

考えても簡単に答えが出るはずもなく、結局のぼせる前に昴は風呂を出た。

「あ……」

洗い場を出てから、昴は自分がタオルの一枚すらも持たずに来たことに気づいて立ち止まる。

「どうしようかな」

ブランケットで拭《ふ》くというのはさすがにどうかと思う。

まだ、レグナが戻っていないといいのだが……。

そう思いつつ、そっと扉を開けて室内を覗《のぞ》き込む。

すると。

「あっ、ルカ様！」

突然《とつぜん》子どものような高い声がして、昴は目を瞠《みは》った。

「えっ⁉」

音もなく目の前に飛んできたのは、体長二十センチほどの風の精霊《せいれい》、シルフだった。

体の造りは人に近いが、大きさ以外に最も違《ちが》う点は、背中には緑がかった六枚の羽が生えていることだろう。

名前をフィールと言い、前世ではいろいろと面倒《めんどう》を見て貰《もら》った覚えがある。

精霊は基本的にはどの龍に対しても従順だが、個体として龍と契約《けいやく》を結んでいる者もいる。

うかつに反応できない。

フィールもその一人なのだった。

とはいえ、記憶がないことにしてある以上、うかつに反応できない。

「お久し振《ぶ》りです。お元気でしたか？」

「……あの、俺は『昴』っていう名前で、そのルカっていう人じゃないから……」

フィールにまで嘘を吐《つ》くのは心苦しいけれど、フィールはレグナには逆らえない。ここでうっかり記憶があることがばれれば、レグナにも筒抜《つつぬ》けになるだろう。

「ああ、そうでした……。ルカ様だったときの記憶がないなんて……おいたわしい」

そんな風に言われると罪悪感に胸が痛む。

けれど、フィールはすぐに思い直したのか、昴に向かってにこりと微笑《ほほえ》み、胸に手を当てて頭を下げた。

「私はフィールと申します。レグナ様の眷属《けんぞく》で、風の精霊です。——ところで、そんな場所でどういたしましたか？」

「あっ、そうだ。あの、タオルを持って行くのを忘れてしまって……」

「なるほど、すぐご用意いたします」

フィールはそう言うと、すぐにタオルを持ってきてくれる。それから着替《きが》えも。フィールの大きさからすると随分《ずいぶん》な重労働に見えるのだが、こう見えてフィールは人を運ぶことすらできるほどの力持ちである。いや、実際には腕力《わんりょく》で運んでいるわけではないらしいが。

昴はフィールの手を借りつつ、着替えを済ませる。ここに連れてこられるに当たって着せられたような豪奢《ごうしゃ》なものではなく、過ごしやすい簡素なものだったことに内心ほっとした。

「食事の支度《したく》はまだ少しかかるとおっしゃっていましたよ。こちらで一緒《いっしょ》に待ちましょう」

「そっか……」

ならばこれは、フィールに話を聞くチャンスかもしれない。

とはいえ、なにかおかしなことを訊《き》けば、フィールからレグナに話が伝わってしまうことも考えられるから、訊けることは限られる。

とりあえず、ルカの記憶があるとばれそうなことを訊かないように、気をつけないといけないだろう。

一体何を訊くべきか、昴はぐるぐると考え始めた。

そういえば、食事はレグナが作っているのだろうか？

昔はちっとも料理などしないようだったたし、そもそも龍は自然の気のようなものを取り込んでいて、特に食事は必要ないはずだ。

食べることはできるから、ルカが作ったものを一緒に食べてはいたけれど……と考えて、ふと思いついた。

「あの、ちょっと訊いてもいいかな」

「なんでしょう？」

「『ルカ』っていう人のことなんだけど」

逡巡《しゅんじゅん》しつつも、寝室《しんしつ》にある布張りの長椅子《ながいす》に座って訊く。

「その……ルカって人について、教えてもらっていい、かな？」

ルカとレグナがあのあとどうなったのか、そして、ルカがどうして死んだのか、昴が気になるのはその二点だ。先ほどレグナが話してくれたことからは、それがすっぽりと抜け落ちていた。

とはいえ、そのどちらもレグナ本人には訊きにくい。

「ええ！　もちろん！　思い出すきっかけになるかもしれませんしね」

フィールは大きく頷《うなず》くと、向かいの椅子の背もたれの上にちょこんと座った。そして、ルカについて話し始める。

「私がルカ様に出会ったのは、レグナ様が巣穴にルカ様をお連れになったときです」

フィールが語ったことも、ほとんどは昴が知っていることだった。けれど、遮《さえぎ》ることはせずに聞く。本当に聞きたいのは、自分が夢で見たよりもあとのことだったけれど、突然そこから聞きたいというのは、いかにも不自然な気がした。

「やがて、レグナ様はどうしてもルカ様を番にと望まれて、お二人は番の儀式《ぎしき》を行うことになったのです」

「番の儀式？」

いよいよ聞きたいあたりの話になり、昴はわずかに身を乗り出す。

「ええ、そうです。ですが……」

フィールはそこで一度口を閉じた。けれど、すぐにまた話し始める。

「ルカ様が亡《な》くなられたのは、番の儀式を行う三日前のことでした」

「……え？」

思いも寄らない言葉に、昴は驚いて目を瞠った。

「突然のことに、レグナ様はそれはそれは悲しまれて……」

「ま、待って！　三日前って」

――最後に夢で見た日のことじゃないか。

けれど、あのとき、ルカに死に至るような様子は少しもなかったはずだ。

あのあと一体何があったのだろう？

「どうかなさいましたか？」

「……う、ううん。いや、その……てっきり番になっていたのだと思っていたから」

不思議そうな顔をするフィールに、昴は慌《あわ》てて頭《かぶり》を振り、ごまかすように言う。

「そうだったなら、どれほどよかったでしょうね」

フィールはそう言って、悲しそうに微笑んだ。

そのときだ。

突然なにかを叩《たた》きつけるような大きな音を立てて、部屋の窓が開いた。

昴はびくりと肩《かた》を揺《ゆ》らし、音のしたほうを振り返る。窓から、見覚えのある男が入り込んで来るところだった。

「あ、あなたは……！　なぜここにいるのです！」

フィールはそう言うと飛び上がり、昴を庇《かば》うように目の前で両手を広げる。

「精霊の分際で気易《きやす》く俺に話しかけるな」

イサラはそう言ってフィールを睨《にら》み付けたあと、昴へと視線を移した。そして、じろじろと見回してから、嬉《うれ》しそうに笑う。

「ルカだろう？　久しいな」

「い、イサラさん……」

間違《まちが》いない。

イサラもまた、レグナと同じ龍《りゅう》であり、かつてルカのことを好きだと言ってきた相手だった。もちろん、ルカはレグナがいるからと断ったが、何度もしつこく言い寄られたのでよく覚えている。

悪い男ではないのだが、とにかく思い込みが激しく、やや自己中心的なタイプだった。

「まったく、こんなところに閉じ込められて可哀想《かわいそう》に……」

いかにも憐《あわ》れむように言われて、昴はパチリと瞬《またた》く。

「――あ、俺、閉じ込められてたのか」

「そ、そんな、確かに鍵《かぎ》はかけさせていただいていましたが、閉じ込めるなどという意図は……！」

フィールが慌てたように言うのを見て逆に、どうやら本当に閉じ込められていたらしいな、と思う。

とはいえ、実感が湧《わ》かない。確かにここにいろとは言われていたが、風呂《ふろ》から戻《もど》ったときにはもうフィールがいたから、まったく気にしていなかったし、鍵を掛《か》けられていたことにも気づかなかった。

「相変わらずのんびりしたやつだ」

イサラは呆《あき》れたようにそう言うと、ため息をつく。

確かに、警戒心《けいかいしん》は薄《うす》いかもしれない。けれど、それも仕方ないのではないかと思う。

前世のこととはいえ、レグナは好きだった相手なのだ。一緒に暮らしていた時間もあるし、どんな性格なのかも、全部分かっている。

もちろん、昨夜無理矢理されたことは忘れていないし、だからこそ風呂は一人で入ると主張したのだが、そういった意味以外ではまったく警戒《けいかい》していなかった。

いや、そもそも閉じ込められなくとも、元の世界に帰れないならば、自分には行く場所なんてどこにもないのである。むしろ、どうしてレグナがわざわざそんなことをしたのかのほうが不思議なくらいだ。

イサラは反論せずにいる昴に、苦笑《くしょう》する。けれど。

「お前が死んだのだって――」

そう、イサラが何か言いかけたとき、今度はドアのほうが大きな音を立てて開いた。入ってきたのはもちろん、レグナである。

「レグナ様……！」

フィールがほっとしたように名前を呼ぶ。

「ご苦労だったな。――それで、なんの断りもなく縄張《なわば》りに入り込んでくるとは、どういう料簡《りょうけん》だ？」

レグナはフィールに労《ねぎら》いの言葉をかけると、イサラを睨みながら、先ほどのフィールのように昴の前に背を向けて立った。昴からはイサラが見えなくなる。レグナの表情も見えないが、口調だけでも随分怒《ずいぶんおこ》っているのが分かった。

龍は縄張りを持つ生き物で、龍同士はむやみに他《ほか》の個体の縄張りを荒《あ》らさないのが不文律だと聞いたことがある。それは百年経《た》った今でも変わらないらしい。

「お前に用があったわけじゃない。ルカに挨拶《あいさつ》に来たんだよ」

イサラはそう言って、小さくため息をついたようだ。

「けどまぁ、お前に見つかったんじゃ仕方ない。今日のところは帰るさ」

「二度と来るな」

怒気《どき》を含《ふく》んだ声にイサラは何も返さず、そのまま来たときと同じように窓から出て行ったらしい。背中越《ご》しに覗《のぞ》き込んだときにはもう、その姿はどこにもなくなっていた。

「追って確認《かくにん》して参りますか？」

「ああ、念のためにな」

フィールはレグナの言葉を聞いて頷くと、窓から出て行く。

「なにもされなかったか？」

見送っていると、振り返りざまにそう訊《き》かれて、昴はこくりと頷いた。

けれど別に、危害を加えようとしている感じではなかったと思う。まぁ、連れ出そうとしたというだけでも、レグナ的には大問題なのだろうけれど、言う必要はないだろう。

「……そういえば」

「どうした？　やはりなにか――」

「ちがいますって。ただ、イサラさんが言ってたんですけど、俺ってこの部屋に閉じ込められてるんですか？」

単純に不思議に思ったのだが、レグナは否定することなくあっさりと頷《うなず》く。

「気づいていなかったのか？　なんというか……お前らしいな」

イサラといい、レグナといい、自分は随分と鈍《にぶ》い人間だと思われているらしい。いや、確かに気づいていなかったことは間違いないのだが……。

「鈍くて悪かったですね。けど、どうしてそんなことしたんですか？」

昴の言葉に、レグナは迷うように視線を泳がせ、少しだけ目を伏《ふ》せる。

「……不安だからだ」

それは、レグナには似つかわしくない言葉だった。

少なくとも、自分の知るレグナはもっと自信家だったと思う。けれど……。

「お前がまた、いなくなってしまうのではないかと思うと」

そう言った声はとても静かで、淋《さび》しかった。

先ほど、ルカはレグナと番《つがい》にならないまま死んだ、と聞いたせいで、そんな風に感じるだけかもしれないが……。

夢の中で、儀式《ぎしき》の日が楽しみでならないと囁《ささや》いたレグナの声を覚えている。あのあとすぐにレグナは独りになったのだ。

「あ、あれ……」

そう思った途端《とたん》、胸の奥が絞《しぼ》られるように痛んで、昴は戸惑《とまど》いながら胸元《むなもと》をぎゅっと押さえる。

「どうした？」

「な、なんでもないです」

心配そうな声に、ゆるゆると頭《かぶり》を振った。その間もぎゅうぎゅうと胸は痛みを訴《うった》えてくる。

どうして胸が痛むのだろう？　自分はルカではないのに……。

淋しそうなレグナに、何を言っていいか分からなくて、目の前のこの龍を抱き締《だし》めてあげたいと、そんな風に思いそうになる。

けれど、それは自分の役目ではない。いや、こんな風に思う気持ちすら、本当に自分のものなのか、ルカの記憶《きおく》に起因したものなのか分からない。

ただ……。


「――そんなに心配しなくても、どこにも行かないですよ」

迷いながら、昴は敢《あ》えてなんでもないことのように言った。

一緒《いっしょ》にいたいということではない。そんな感情は自分の中にはないはずだ。きっとこれは、夢の残滓《ざんし》のようなものだろう。

映画の中の主人公に同調し、同情するようなもの。だから、レグナに少しだけやさしくしたいと思うのだって、おかしくはない。

番になる気はないけれど、傷ついた相手にやさしくしたいと思うのは、普通《ふつう》のことのはずだ。

「本当か？」

レグナの問いに、苦笑しつつ頷く。

「どうせ行くところもないし、閉じ込められていようがいまいが一緒だから……」

昴の言葉に、少しずつレグナの表情が明るくなっていく。

「そ、それで安心するっていうなら、好きにすればいいです……っ」

「そうか」

なんだかどんどん恥《は》ずかしくなってきて、最後は早口で言うと、レグナが嬉《うれ》しそうに笑う。

この笑顔《えがお》が好きだったのだと、そんなことを思い出した。

――って今の自分とは関係ない話だけど。

などと自分に言い聞かせていると。

「もっともお前の魂《たましい》は俺に結びつけられて、遠く離《はな》れた場所にあっても再び出会えるように呪《まじな》いがかけられているけどな」

なんだか不穏《ふおん》なことをさらりと言われて、昴は固まった。

「……え？」

なにそれ怖《こわ》い。

魂が結びつけられている？　再び会える呪い？

「そんな話、聞いてないんですけど」

「そうだったか？」

先ほどの淋しそうな様子が嘘《うそ》のようなとぼけた態度に、むっとしつつも少し安堵《あんど》して、そんな自分に複雑な気分になる。

別に、レグナが淋しそうでも、自分が気にすることではないと思うのだけれど……。

「そうでもしなければ、違《ちが》う世界にあるお前の魂を見つけることなど、到底《とうてい》できなかっただろうな」

「……そのせいでこっちは大迷惑《めいわく》なんですけどね」

そう言って、昴は盛大にため息をついた。

けど、そうか、そういうことだったのか、と思う。

そのせいで、自分はこの世界へ戻《もど》ってきたのか。いや、正確には戻ってきたというわけではないと思うのだが……。

「だが、それでももう一度失うのはごめんだ。また百年を独りで待つようなことはな」

そう言ってレグナは笑ったけれど、昴は言葉に詰《つ》まり、唇《くちびる》を引き結ぶ。

「そんな顔をするな」

「別に、どんな顔してても俺の勝手です」

レグナは苦笑して、昴の頭をぽんぽんと宥《なだ》めるように叩《たた》いた。

「まぁともかく、それで番《つがい》になるまでは一緒にいるか、閉じ込めておきたかったということだ」

そうか、と納得《なっとく》しそうになって、昴はハッと我に返る。

「つ、番になるまでって……決定事項《じこう》みたいに言うのやめてください！」

「決定事項だろう？」

「違います！」

不思議そうな顔をするレグナに対して、昴ははっきりと否定する。

「俺は、男と番になる気とかないですから」

「本気で言っているのか？」

「当たり前です」

さっきも言ったのに、と思いつつそう言う。なのに。

「昨夜は俺のものを受け入れて、散々啼《な》いていたというのにか？」

「なっ……」

かぁっと頬《ほお》が熱くなるのが分かった。

「あっ、あれは、あんたが無理矢理……！」

「無理矢理？　お前も充分《じゅうぶん》愉《たの》しんだだろう？」

「た、たたたた愉しんでません！」

慌てて否定し頭を振ると、レグナが楽しそうに笑う。

「ならば、確認してみよう」

「わっ」

唐突《とうとつ》に抱き寄せられて、昴は短い悲鳴を上げた。

「な、なにを……」

「お前が本当に愉しんでいなかったか」

抱き締められたまま、するりと帯を解かれて動揺《どうよう》する。

「ちょっ、せっかく着たのに……！」

言いながら自分でもそういう問題ではないと思ったが、レグナもおかしそうに笑う。

「あとでいくらでも着せてやる」

帯を解かれ、下半身を覆《おお》っていた服は重力に従って足下《あしもと》に落ちた。前身頃《まえみごろ》が開いてしまった上着の中に、レグナの手が入り込む。上着を脱《ぬ》がされ、薄《うす》い単衣《ひとえ》の裾《すそ》を割って太股《ふともも》を撫《な》で回されて、びくりと体が震《ふる》えた。

「な、撫でないでください！」

言いながら慌《あわ》てて単衣の前をかき合わせる。

「そうか、舐《な》められるほうが好みだったな」

「そういう意味じゃなくて……あっ！」

足をすいっと掬《すく》われて、一瞬《いっしゅん》体が浮《う》く。そのまま背中を支えられるようにして、三歩と離れていなかったベッドに押し倒《たお》された。

高い天井《てんじょう》が視界に入り、昴は慌ててレグナの胸を押し返す。すると、意外にもレグナは押されるままに体を離した。

しかしそのことにほっとしたのも束《つか》の間、レグナは昴の足を摑《つか》んで持ち上げてしまう。どうやら押したから離れたわけではなく、もともとそうするつもりだったらしい。

「やっ……」

唯一《ゆいいつ》身につけていた単衣の裾がめくれ上がる。あられもない格好になったことに狼狽《うろた》えて、昴は手を伸《の》ばして裾を押さえた。

「放して……あっ」

ちゅっと、剝《む》き出しになった膝《ひざ》の内側に口づけられる。

「こういうのやめてくださいって、言ってるじゃないですか！」

「お前が本当に愉しんでいないと分かればやめよう」

言いながらレグナは昴の内股へと舌を這《は》わせる。

「ひ…ぅっ」

ぞくぞくと寒気にも似た快感が背筋を這い上がり、昴は単衣の裾をますます強く握《にぎ》り締めた。

「こら、そのようにしていては、肝心《かんじん》な場所を舐めてやれないぞ？」

「舐めなくていいんですっ」

「ふむ」

昴の言葉に、レグナは少し考えるように動きを止める。それから摑んでいた足を放した。けれど、ほっとするより先に、ごろりと転がされ、俯《うつぶ》せにされる。

「何を……わっ」

ぐいと腰《こし》を持ち上げられて、慌てて手を突《つ》いた。

「もう隠《かく》すのはやめか？」

からかうような声に、ハッとする。裾から手を離したせいで、そこが丸見えになってしまっている。咄嗟《とっさ》に片手を伸ばして裾で足の間を隠したけれど、そのせいで上体を支えられず、シーツに肩《かた》を突いてしまう。

腰だけを高く上げたような体勢に、頬がカッと熱くなった。その上……。

「あっ」

ぺろりと後ろ側を捲《めく》られて、尻《しり》のほうは丸見えにされてしまう。

どんどんあられもない姿にされているのは分かるのに、どうしていいか分からなかった。

「ちょっ、ほんとだめだって……し、したばっかじゃないですか！」

正確な時間は分からないが、ほんの数時間前のことのはずだ。まだ腰もだるいし、レグナに開かれた場所も違和感《いわかん》がある。

「それがどうかしたか？　むしろ、ここもまだ……」

「ひぁ……っ」

奥へと伸びた指が、中へとあっけなく入り込んでくる。

「開いたままで都合がいい」

「よくない…ぃっ！」

さらに奥まで入れられて、語尾《ごび》が跳《は》ねた。

「きゅうきゅう締《し》めつけてくるぞ？」

「やっ……うごかさな…あぁっ」

「これならばそう慣らさなくともよさそうだ」

ろくでもないことを口にしながら、レグナは指を増やしてくる。

「も、やめてください……っ！　男同士なのに、こんなのおかしい……っ」

「男同士？　まだそんなことに拘《こだわ》っているのか」

レグナは、気が抜《ぬ》けたように笑う。

「そんなのは、お前が人であることに比べれば些細《ささい》なことだ」

「え……」

そう言われて思い出した。

確かに男同士であるという以前に、自分とレグナでは種族が違うのである。

ルカだったときは、そちらのほうが遥《はる》かに気になっていた。こちらでは、龍《りゅう》は人間よりもずっと高位の存在で、神にも等しい。そんな相手に対して自分でいいのかと。

そんな風に悩《なや》むルカに、レグナは……。

「もっとも、俺はお前ならば人だろうと男だろうとなんでも構わない」

そう言いながら一旦《いったん》指を抜くと背後から覆い被《かぶ》さり、やさしく首筋に口づける。

「何度もそう伝えたはずだがな？」

……そうだった。

畏《おそ》れ、惑《まど》うルカに、レグナはいつもそう言ってくれた。

記憶《きおく》と重なるその言葉に、胸の奥がぎゅっとなる。

「レグナ……」

しかし、思わず名前を呼んでからハッとした。

――いや、そうじゃないだろ！

感激している場合ではない。

「あ、あんたがよくても俺はよくないんです！」

このままではおかしなほうに流されてしまいそうで、昴は必死で言い募《つの》るが、レグナのほうはまったく意に介《かい》する様子がない。

「お前だって本当はいやではないはずだ」

「一体その自信はどこから来るんですかっ？」

「どこと言われてもな……分かりやすい体をしているのはお前だろう？」

「あぁ……っ」

単衣の薄い生地《きじ》の上から胸を撫でられて、昴はびくりと体を揺《ゆ》らした。

「やめ……あっ」

くるくると円を描《えが》くように触《ふ》れられて、じわじわと快感が湧《わ》き上がってくる。

「もう尖《とが》ってきたぞ」

「んんっ」

指を引っかけ、弾《はじ》くように刺激《しげき》されると、単衣の裾を押さえている手の下で、自分のものがぴくりと反応するのが分かる。

確かに快感を覚えてしまっていると認識《にんしき》させられて、恥《は》ずかしさに泣きたくなる。口で否定したところで、これでは愉《たの》しんだと言われても仕方ないのかもしれない。

「あ、あ…っ」

しつこく胸を弄《いじ》られて、徐々《じょじょ》に膨《ふく》らんでいく欲望《よくぼう》が疎《うと》ましい。

こんなのはだめだと思うのに、我慢《がまん》できなくなりそうだった。

しかも。

「あ……っ」

体を捩《ねじ》った拍子《ひょうし》に、腰の辺りに固いものが触れていることに気づいて、カッと頬《ほお》が熱くなる。

指で広げられていた場所がひくりと蠢《うごめ》く。中をかき混ぜられて、気持ちよくなってしまったことは、忘れたくてもそうそう忘れられなかった。

「どうした？」

「へ、変なもの、押しつけないでくださいぃっ」

思わずそう怒鳴《どな》った昴に、レグナは楽しげな笑い声を上げる。

「変なものとは随分《ずいぶん》だな。これで散々お前を気持ちよくしてやったというのに」

「気持ちよくなんて……あぁっ！」

きゅうっと布ごと乳首《ちくび》を摘《つま》み上げられて、高い声がこぼれた。

指が離《はな》れると、そこがじんじんと痺《しび》れて、大きく膨らんでしまったような錯覚《さっかく》に陥《おちい》る。

「ああ、そうだった。それを確認するんだったな」

レグナはそう言うと、なにやら腰の辺りでごそごそと手を動かした。そして、尻の狭間《はざま》にゆっくりとそれを擦《こす》りつけてくる。

「っ……や、やだ…っ」

慌《あわ》てて体を起こそうとしたけれど、そのときにはすでに遅《おそ》かった。

「あっ……あ…」

ゆっくりと開かれていく感触《かんしょく》に、ぞわぞわと背筋が粟立《あわだ》つ。

「や…だ……あぁっ」

深いところまで埋《う》められて、そのままゆっくりと揺すられた。

「は、あっ、あっ、あっ」

奥のほうを突かれるたびに、手の下で自分の物が反応するのが分かる。たらたらと先走りをこぼして、単衣《ひとえ》がぐしょぐしょになるのにそう時間はかからなかった。

「こんなに濡《ぬ》らして……これでも愉しんでないというのか？」

「ひぅ…っ」

ずるりと抜き出されて、今度は浅いところを擦られる。

「あっ、やっ…あっんぅっ」

前立腺《ぜんりつせん》を捏《こ》ねるように刺激されて、さっきまでとはまた違《ちが》う快感に声がこぼれた。

「も、だめ…っ…だめ……出…る…っ…イッちゃう……っ」

「好きなだけ、出せばいい……っ」

その言葉に、昴はシーツに額を擦りつけるように頭《かぶり》を振《ふ》る。

後ろだけでイカされるなんて、そんなのは絶対に嫌《いや》だった。

「あ、う…っ」

単衣の下で、今にも達してしまいそうになっているものの根元を、自分の手でぎゅっと押さえる。

こうすればイカなくてすむと、そう思っただけだった。

けれど……。

「ふむ……そうまでして堪《た》えるか」

レグナは昴のそんな態度に対して、楽しそうに笑ってみせると、さらに容赦《ようしゃ》なく攻《せ》め立ててくる。

「あ、あっあ、んー……っ」

我慢しても我慢しても、快感の波が収まることはない。むしろ少しずつ高くなっている気がした。

苦しくて、イキたくて、頭がおかしくなりそうだ。

堪えれば堪えるほど、レグナのものを締めつけてしまい、そのせいでさらに快感が強くなっていくという悪循環《あくじゅんかん》。

「や……あっ……も、だ……め……っ」

「我慢する必要などないだろう?」

「ひっ……あぁっ……」

突然《とつぜん》、深い場所まで入れられて、がくんと体が前のめりになりそうになる。

そして、その衝撃《しょうげき》できつく縛《いまし》めていた指が——外れた。

「あっ……あ——……」

凄《すさ》まじい絶頂感に、目の前がチカチカと明滅《めいめつ》する。

しばらく息ができなかった。

ようやく呼吸ができるようになってからも、イッたはずの場所からは、とろとろと漏《も》れ出すように白濁《はくだく》がこぼれて止まらない。

それなのに……。

「随分気持ちがよさそうだな」

「は……は…ぁっ…待って……っ」

荒《あら》い息をこぼしながら、ゆるゆると頭を振った昴の腰《こし》に、レグナの腕《うで》が巻き付く。

そして。

「ひ……っ、あぁっ」

レグナはそのまま体を起こした。入れられたままだったものが、深い場所まで入り込む。

イッたばかりだというのに、感覚的にはもう一度絶頂を迎《むか》えた気がした。

「だめ…っも、やだ…ぁっ」

強すぎる快感に、ぽろぽろと涙《なみだ》がこぼれる。

「こんなに気持ちよさそうにしているのにか？」

「気持ち、い……から…っ、も、許して……」

このまま、また中をかき混ぜられたら、どうなってしまうか分からなかった。

「なら、一つ教えてくれるか？」

「……な、に…？」

浅い息を繰《く》り返しながら、昴はレグナを見る。

「なに、簡単なことだ。――ルカだった頃《ころ》の記憶《きおく》がないというのは嘘《うそ》だろう？」

思わぬ言葉に、昴は驚《おどろ》き、戸惑《とまど》いながらも頭を振る。

「し、らな……っ」

「ならば、俺のことは忘れていたのに、イサラのことは覚えていたというのか？」

そう言うと、レグナは昴を責めるように下から突《つ》き上げた。

「ひぁっ…あぁ……っ」

「イサラの名前を呼んだだろう？」

動きを止めたレグナに顔を覗《のぞ》き込まれて、必死で考える。

名前？　イサラ？

「あ……」

「思い出したか？」

確信のこもったレグナの言葉に、昴はきゅっと下唇《したくちびる》を噛《か》んだ。

確かに、先ほど自分はイサラの名前を、誰《だれ》かに聞くよりも先に呼んでしまった。レグナに聞かれていたとは思わなかったけれど、小声で話していたわけではない。聞こえていたとしてもおかしくはなかった。

「素直《すなお》に認めれば、気持ちよくしてやるぞ？」

「っ……そんなの、いらな…ぁっ」

中をかき混ぜるように腰を動かされて、語尾《ごび》が甘く掠《かす》れる。

「いらないようには見えんなぁ？」

からかうような声が悔《くや》しい。

「あっ、んっ」

赤く尖《とが》っている乳首を捏ねられて、快感に声がこぼれた。

「言わないならば、このままここだけを可愛《かわい》がってやろうか？」

「んっ……んぅっ」

摘まれてきゅうと引っ張られ、そうかと思えば潰《つぶ》される。そのたびにびりびりと快感が背筋を走り、レグナのものを締《し》めつけてしまう。

なのに、宣言通り、レグナは少しも動く気配がなかった。それどころか。

「こら、勝手に味わうな」

自然に腰を揺《ゆ》らめかせてしまう昴の太股《ふともも》を、咎《とが》めるようにぺちんと叩《たた》いた。

「ん……だ、って……こんなの……っ」

生殺しもいいところだ。

「言っただろう？　素直に認めろと。そうすれば、お前が欲しがるだけ与《あた》えてやろう」

「そ、なの……」

いらないと、何度でも突っぱねるつもりだった。

けれど、こんなもどかしい快感がずっと続くと思うと、たまらない。

「ひっ、う……っ」

親指で尖りを押し潰すようにされ、そのままぐりぐりと刺激《しげき》されて、びくびくと腰が震《ふる》える。

とろりと先走りがこぼれるのさえ、刺激になった。

「あ……あ…」

潰された乳首《ちくび》は、指が離《はな》れるとまたすぐに尖り始める。それを今度は触《ふ》れるか触れないかと
いうくらいにそっと撫《な》でられて、腰の奥が切なく疼《うず》いた。

「も、やぁ……認め、る…、から……っ」

ふるりと頭を振って、昴はついにそう口にしてしまう。

「俺を覚えているな？」

「……おぼ、えてる」

「――――そうか」

レグナは吐息《といき》だけで笑い、背後からぎゅっと昴を抱《だ》きしめた。

「レグ、ナ……？」

その反応が何となく意外で、昴は快感に蕩《とろ》けながらもどうしたのかと首を傾《かし》げる。

けれど、そんな疑問を持ったのは一瞬《いっしゅん》だった。

「さてと、素直になってくれた礼に、こちらも報《むく》いなければな」

「っ……」

ぐいと膝《ひざ》を掬《すく》い上げられて、もうこれ以上ないと思っていたよりもさらに深い場所までレグナのものが入り込んでくる。

突然の刺激に、昴は息を詰《つ》めた。

「どうして欲しい？」

「どう、してって……っ」

「欲しいだけ与えると言っただろう？」

囁《ささや》いてねっとりと耳を舐《ねぶ》る唇《くちびる》と舌に首を竦《すく》める。

どうして欲しいかとまた繰り返されながら、ゆらりと足を揺らされる。

「あ……っ」

それだけの刺激で、中をきゅっと引き絞《しぼ》り、昴は喘《あえ》いだ。

もう、我慢《がまん》できそうにない。

「——う、ごいて……」

「ふむ？」

「中、かき混ぜて……くださ……っ」

「……分かった」

レグナはそう言って笑うと、激しく中を攻《せ》め立て始める。

結局、昴はそのまま気を失うまで快感を与えられ続けることになったのだった。

瞼《まぶた》に温かい光が当たるのを感じて、昴はもぞりと寝返《ねがえ》りを打つ。

カーテンを閉めるのを忘れたのだろうか？

けれど、独り暮らしのアパートの窓は西向きで、こんな風に日が差してくるのは夕方だけのはずだ。

おかしな時間に寝《ね》てしまったのだろうかとそんなことを思ってから、ようやくそうではないと思い出した。

ぱちりと目を開いた昴は、慌《あわ》てて起き上がろうとして、腰のだるさにうめき声を上げる。

「うう……」

続けてあれだけの無茶をされたのだから、当然だろう。むしろ、痛みがないのが不思議なくらいだ。ついでにグーと腹が鳴る音がして、そう言えば結局食事をしていなかったことを思い出した。

ため息をつきつつゆっくりと体を起こす。レグナが着せたのか、単衣《ひとえ》を身につけていたことにほっとしつつ部屋を見回す。

「どこだろここ……」

見たことのない場所だった。単に違《ちが》う部屋に移されたというだけではなさそうだ。

天井《てんじょう》や壁《かべ》、床《ゆか》は白くてすべすべとした石が剝《む》き出しになっていて、洞穴《ほらあな》の中といった様子だ。壁に寄せられているベッドの他《ほか》に、ローテーブルとチェストがあった。ローテーブルの下には毛足の長い敷物《しきもの》が敷《し》かれていて、いくつかクッションのようなものも置かれている。

壁には白っぽい木製のドアが一つに、小さな窓が二つ。鎧戸《よろいど》が開け放された窓からは、燦々《さんさん》と日が入り込んでいた。

「……あそこに似てる」

呟《つぶや》いて、昴は床に足を降ろした。窓に近付いて、外を眺《なが》める。

崖《がけ》の中腹のような場所らしい。正面は鬱蒼《うっそう》とした森が広がっているが、森があるのは対岸で、おそらく十五メートルほど離れているだろう。遥《はる》か下に川が流れているのが見える。左手側には大きな湖があり、川はそこへと流れ込んでいるようだ。

前世でレグナと暮らしていた巣穴は、ちょうどこんな感じだったが、同じ場所ではないらしい。

ここが今の、レグナの住処《すみか》なのだろうか？

「起きていたか」

声を掛《か》けられて振《ふ》り向くと、案の定そこにはレグナが立っていた。手には食事やフルーツなどを載《の》せた木製の盆《ぼん》を持っている。

機嫌《きげん》のよさそうな顔に、むっとして、昴は顔を逸《そ》らした。

「体調はどうだ？　よく眠《ねむ》っていたようだが」

レグナが、盆をローテーブルに置きながら尋《たず》ねてくる。

「最悪です」

言っても無駄《むだ》だろうと思いつつも言うと、レグナは心配そうに眉《まゆ》を寄せた。

「どこか痛むのか？」

「そういう物理的な話じゃなくって……」

そのまま近付いてきたレグナに顔を覗《のぞ》き込まれ、昴はため息をこぼす。

レグナのせいなのは明白なのに、本気で心配しているのが分かるから困ってしまう。

「気持ちの問題です。言っときますけど俺は怒《おこ》ってるんですよ？　また、無理矢理あんなことして……」

「無理矢理？　――最後には自分から欲しがっていたように思ったがな」

「う……」

思い出しているのか、いやに艶《つや》めいた笑《え》みを浮《う》かべるレグナに、頰《ほお》が熱くなる。

確かに、それは否定できない。自分が言った言葉も覚えている。ホモなんて絶対にごめんだと思っているのに、快楽に流されてしまう自分が情けなかった。

「だが、体調が優《すぐ》れないのでないならよかった。食事にしないか？　腹が減っているだろう？」

全然よくないと思ったけれど、空腹は最早《もはや》我慢できないほどで、昴は渋々《しぶしぶ》頷《うなず》くと、腰《こし》を庇《かば》いつつローテーブルへ近付き、クッションの一つに座る。

まだ腰がだるく、やわらかいクッションにほっとした。

「やはり調子が悪いんじゃないのか？」

動作が緩慢《かんまん》だったためかそう声を掛けられて、昴はちらりとレグナを睨《にら》む。

「誰《だれ》かのせいで腰がだるいんです」

「ああ、なるほど。それはすまなかったな」

とてもすまないと思っているとは思えない様子で小さく笑い、レグナが隣《となり》に腰掛《こしか》けた。

「さぁ好きなだけ食べるといい」

「……いただきます」

ぼそりと言って、昴はどこか懐《なつ》かしさを感じる料理に手をつける。

肉や野菜と一緒《いっしょ》に米を炊《た》いた、ピラフのようなものや、山菜を使った汁物《しるもの》、蒸《む》した魚など、どれも昔ルカが作ったことのあるものだ。味も、ほとんど変わらない。

「これ、レグナが作ったんですか？」

「ああ。お前が作ったものを思い出しながらな」

確かに、レグナは料理をする姿が珍《めずら》しいと言って眺めたり、ときには手を出したりしてきたこともあった。

それでも、ここまでできるようになっているなんて思わなかった。ルカがいなくなったあと、料理をする必要などなかったはずだが……。

「レグナは食べないんですか？」

「お前を見ているほうが楽しい」

「……見られてると食べづらいんですけど」

文句を言いつつも、ようやくありついた食事に、箸《はし》が止まらない。

「お前が目を覚ましたら訊《き》いてみようと思っていたのだが……」

レグナがそう言ったのは、大方のものを食べ終わり、食後のフルーツに手を伸《の》ばしたときだった。

「なんですか？」

ブドウの皮を剝きつつ、昴は首を傾げる。

「どうして昔を忘れたなどという嘘《うそ》を吐《つ》いた？」

「っ……それは……」

なんと答えていいか迷って、視線を彷徨《さまよ》わせた。

しかし、もうばれてしまった以上、理由を隠《かく》す必要もないかと思い直して口を開く。

「前世の俺と、今の俺とは違うからですよ。どうせレグナの気持ちに応《こた》えられないのなら、知らないことにしたほうがいいと思って……」

「そんなことを考えていたのか」

レグナは目を瞠《みは》ってそう言ったあと、クスリと笑った。

「そんなことって」

むっとして言い返そうとした昴の頭を、レグナがなだめるように撫《な》でる。正直原因に宥《なだ》められても腹立たしいだけなのだが。

「一体どこが違うというんだ？　髪《かみ》の色か？　瞳《ひとみ》の色か？　そんなことはどうでもいいことだろう？」

「そうじゃなくて……俺には俺の、『立花昴』としての二十年間があって、ルカだったときとは違うってことです」

ルカの気持ちは分かっている。ずっと夢で見てきたのだ。レグナのことが愛《いと》しくて仕方がないという思いは、確かに記《き》憶《おく》としてはある。

けれど、どれだけ覚えていても、それは昴自身の気持ちではない。

「ふむ……まぁ、確かに昔はもう少し素《す》直《なお》だったかもしれんがな」

「だから、それは俺じゃないんですって」

確かに、ルカはこんな風にレグナに文句を言うタイプではなかった。

なんといっても相手は龍《りゅう》だ。そのわりに、叱《しか》り飛ばすこともあったが、大方は素直に従っていたように思う。

けれど、昴には龍に対する畏敬《いけい》の念はない。同じ記憶を持っていても、態度が違うのは当然だろう。

しかし、これ以上どう言ったら理解して貰《もら》えるのか分からず、昴はため息をついた。どうやら長期戦になりそうだ。

「出会ったときのことも覚えているか？」

嬉《うれ》しそうに問われて、ため息をつきつつ頷《うなず》く。本当はあまり、昔話なんてしたくないのだが……。

「……覚えてますよ」

薪《たきぎ》を拾いに行った先で雷雨《らいう》に遭《あ》い、雨宿りしようと入った洞窟《どうくつ》で人間の姿をしたレグナに出会った。

最初は近付くなと言われたけれど、怪我《けが》をしていることに気づいて手当てをするうちに、心を開いてくれて……。

「最初にレグナが龍になったときは、本当に驚《おどろ》きました」

随分《ずいぶん》と偉《えら》そうな態度だったから、平民ではないのではないかと思うことはあったが、人間だと信じて疑っていなかった。

驚くのと同時に、自分が龍に対して不敬な態度をとっていたことにも気づいて、殺されるのではないかと震《ふる》え上がったことを思い出す。

実際は殺されるどころか、プロポーズされたのだが……。

「俺も驚いた」

「え？」

別に驚かせるようなことをした記憶はないと思う。

けれど、不思議に思って瞬《またた》いた昴に、レグナはやさしく微笑《ほほえ》んだ。

「どちらかというと人間は嫌《きら》いだったし、相容《あいい》れないと思っていたからな。まさか自分が人間をこんなにも愛しく思う日がくるとは思わなかった」

やさしい視線とやわらかな声に、頬が火照《ほて》る。

「……そうやって、甘い雰囲気《ふんいき》に持ってこうとするのやめてくださいっ」

「なんのことだ？」

「とぼけてもだめです。絶対に流されないですし、もう、あ、あんなことしないですから！」

精一杯警戒《せいいっぱいけいかい》しつつ睨み付けると、レグナは「分かった、分かった」と頷く。

「さすがにお前の体を考えたら、今は何もできないさ」

体のことを考えているというわりには、連続で無茶をされた気がしてならないのだが。

「再会できたことが嬉しくて、二日連続で無理をさせたからな。すまなかった」

存外あっさりと謝罪されて、毒気を抜《ぬ》かれた気分だ。

「まぁ、俺が怒《おこ》ってるのは無理をさせたとかじゃなくて、行為《こうい》そのものなんですけどね」

体ではなく心のほうを問題視して欲しい。

「何がそんなに嫌《いや》なんだ？」

「男同士だからって、前にも言いましたよね？」

不思議そうな顔をされて、ため息混じりに口にする。それでも比較的《ひかくてき》イライラしていないのは……どうしてだろう？　腹がいっぱいだからだろうか。

「さっきも言いましたけど、俺にも『立花昴』としての二十年間があったんですよ。レグナの百年にはまったく及《およ》ばなくても、俺にとっては新しい人生だったんです。あなたの知っている前世の俺のままじゃないんです。価値観も、なにもかも……。男同士で番《つがい》になるっていうのは、今の俺にはあり得ないことなんです」

言いながら、少し胸の端《はし》っこの辺りがちくりとしたけれど、知らない振《ふ》りで言い切る。

レグナはさすがに思うところがあったのか、しばらくは何も言わなかった。

「――……ならば、お前……スバルは、その二十年の間に、他《ほか》の者を愛したというのか？」

初めて名前を呼ばれたことに驚いて、それから昴はきゅっと唇《くちびる》を噛《か》む。

実のところ、誰《だれ》かを好きになったことは一度もない。

昴の恋愛《れんあい》が上手《うま》く行かなかった原因は、結局のところそれだった。

告白されたことはあったし、レグナに抱《だ》かれている夢を見るようになってからは、自分はホモではないと信じたくて、積極的に女の子と付き合おうともした。けれど、どれも上手く行かなかったのだ。

可愛《かわい》いなと思うことはあっても、好きだと思うところまではどうしても届かない。

夢の中の自分がレグナを思うような、そんな気持ちを抱《いだ》ける相手に出会うことは、できなかった。

それくらい、ルカがレグナを思う気持ちは純粋《じゅんすい》で、真剣《しんけん》なものだったのである。

相手はともかく、その思いの純粋さだけは、前世の自分ながらすごいものだったと思う。

「やはりお前は、俺を愛しているんだろう?」

答えられないでいる昴に、レグナはどこか満足げにそう言った。

「ちっ、違《ちが》いますっ」

「好きでもない相手にあれほど乱れてみせるのか?」

「そういう言い方は卑怯《ひきょう》だろ!」

思わず敬語も忘れてそう言ったけれど、そうなんだろうか? とちらりと考えてしまい、慌《あわ》ててそんなはずがないと打ち消す。

レグナと相対したときに浮《う》かんでくるときめきや、胸の痛みは、きっと自分のものではない。

ルカの記憶に因《よ》るものだ。

「とにかく、俺はルカと違ってレグナのことを好きでもなんでもないんですから、ああいうことはやめてください」

「……お前がどうしてもと言うならば、しばらくは控《ひか》えよう」

レグナはため息をつくと、いかにも仕方がないという調子でそう言った。

しばらくじゃなくて……と思ったけれど、とりあえずはその譲歩《じょうほ》が引き出せただけで今はよしとするかと思う。

レグナが強引《ごういん》で、なかなか折れない男だということはよく分かっていた。ゆっくりと分かってもらうしかない。

「――ところでここはどこなんですか？　前の場所とは違うみたいですけど……」

「うん？　ここか？　ここは俺の巣穴の一つだ。しばらく隠遁《いんとん》していた時期に使っていたんだが、お前を連れてきたのは初めてだな」

「隠遁……？」

「人と関《かか》わる気にならなくてな」

そう言うと、レグナは苦笑《くしょう》する。

その顔を見たら、隠遁した原因がルカの死であることはすぐに分かった。

「またイサラに来られては面倒《めんどう》だから、あいつに知られていない場所を選んだんだが、気に入らなかったか？」

「……別に気に入らないとか、そういうことじゃないです」

話題を変えてくれたことにほっとしつつ、昴はそう答える。

「元の世界に戻《もど》れるって話でもない限り、どこでも同じですから」

「なかなか淋《さび》しいことを言う」

「仕方ないでしょう。……本当に、戻る方法はないんですよね？」

訊《き》いても答えないだろうなと思いながらも、一度くらいは確認《かくにん》しておこうと昴はレグナの反応を窺《うかが》った。

「ないなぁ。可能性がないわけではなかったが」

「え？」

意外な言葉に、昴は目を瞠《みは》り、ぱちりと瞬く。

「もしも、俺と同じように、お前の魂《たましい》を結んでいる相手が、元の世界にいて、その者が召喚《しょうかん》すれば今回と逆のことが起きないとも限らない。だが、愛した相手はいなかったのだろう？　つまり、可能性は潰《つい》えている」

「……なるほど」

がっくりと肩《かた》を落としつつも、納得《なっとく》してしまった。

確かに、そんなことをしてくれるような相手には、まったく心当たりがない。ある意味自業《じごう》自得なのだろうが……。

「ともかく、ここが気に入らないわけではないならばよかった」

少し凹《へこ》んでいる昴に、レグナはそう言って笑う。

「先ほど結界も完成したところだ。これでイサラに見つかることもないだろう」

「結界って……」

随分と物々しい響《ひび》きだ。

「お前が閉じ込めてもいいと、言ってくれたからな」

一瞬《いっしゅん》、そんなこと言っただろうかと思ったけれど、すぐに思い当たる。

「あれは別に、閉じ込められていようが、いまいが一緒《いっしょ》って言っただけで……」

閉じ込めてもいいと言ったつもりではなかったのだが。

「……まぁいいです」

よほどイサラに会わせたくないのだろうし、昴的にもこれ以上ごたごたするのはごめんだった。昨日もどこかに連れ出そうとしていたようだし。

「あ、そう言えば」

あのときイサラは何を言いかけたのだろう？

ルカが死んだときのことを言っていたようだったけれど……。

「どうした？」

「あの……訊いていいか分かんないですけど、レグナはルカが死んだときのこと……覚えていますか？」

途端《とたん》に、レグナが心底驚《おどろ》いたというように目を瞠った。

「――お前は、覚えてないのか？」

「え？　あ、はい」

訊き返されるとは思っていなくて、昴はパチリと瞬《またた》いたあと頷《うなず》く。

「実は、その辺りの記《き》憶《おく》が曖昧《あいまい》っていうか……死因とかも全然覚えてないんです」

「そうか……」

レグナはそう言うと少しだけ考えるように沈黙《ちんもく》した。

ひょっとして信じていないのだろうか？　もちろん、一度は前世の記憶自体覚えていないと嘘《うそ》をついたのだから、疑われても仕方ないとは思う。

けれど、レグナが口にしたのは意外な言葉だった。

「実は、俺もルカが亡《な》くなったときのことは分からない」

「えっ」

話したくないとか、思い出したくないというならともかく、分からないとは思わなかった。

ただ、すとんと表情の抜けたレグナに、やはり訊くべきではなかったのかもしれないと思う。

「……事故だったのだとは思う。だが、ルカが死んだとき、俺は傍《そば》にいなかったんだ」

そう言って、レグナは硬《かた》い表情で拳《こぶし》を握《にぎ》る。

「もし、俺が一緒にいたならば、死なせたりはしなかった……！」

大きな声では決してなかった。けれど、それは押し殺した叫《さけ》びのようで……。

「ルカが亡くなってから、百年間ずっと、あのときのことを後悔《こうかい》し続けた」

横で聞いているだけなのに胸が痛くなるような、悲痛な声。

本当にレグナにとって、ルカの死が大きなものだったのだということが、いやと言うほど伝わってきた。

正直、昴自身にとってもルカの死はショックだった。

まさか、あのあとすぐに亡くなったなんて、思いもしなかったし、事故死というのもやりきれないような気持ちになる。もちろん、ルカが死んだからこそ、自分が存在しているのだというのはよく分かっているけれど。

「どうして目を離《はな》してしまったのか……。ずっと傍にいるべきだった」

苦しげにそう言うと、レグナの腕《うで》が昴へと伸《の》ばされた。

「っ……」

ぎゅっと強く抱《だ》き締《し》められて、昴は息を呑《の》む。

けれど……。

抱き締められていると言うよりも縋《すが》り付かれていると言ったほうがいいような、そんな抱擁《ほうよう》に、昴はどうしていいか分からなくなった。

しばらく迷ったが、結局振《ふ》りほどくこともできず……昴はそっと腕を上げると、レグナの背中を抱き締める。

無理矢理押し倒《たお》してくるような相手なのだから、放っておけばいいと思うのに……。

前世であれほど好きだった相手なのだ。

いくら今の自分が好きなわけではないと思っていても、過去の記憶が簡単に感情を揺《ゆ》さぶってくる。

違《ちが》うと分かっていながら、絆《ほだ》されそうになってしまう。

「……俺、ルカが死んだときのことは本当に覚えてないですけど、でも、きっとレグナを責めたりはしなかったと思います」

ぽつりと、昴は言った。

どうしてそんなに誰《だれ》かを好きになれるのだろうと、不思議になるくらい、ルカはレグナのことを深く思っていたから。

「――……やはりお前はやさしい」

「そんなこと、ないです」

囁《ささや》くような声は少し震《ふる》えている。

「今だけですよ」

自分に言い聞かせるようにぽつりと呟《つぶや》いて、昴はレグナの背を撫《な》でた。

ゆっくりと、何度も……レグナが落ち着くまで。

「……少々見苦しい真似《まね》をしたな」

しばらくして、レグナはそう言いつつ、どこか名残惜《なごりお》しげに昴の体を離した。

なんだか妙《みょう》に真っ直《す》ぐ見つめられて、自分でもらしくないことをしてしまった気がしていた昴は、わざとらしく咳払《せきばら》いをする。

「それで、えーと、こ、これからのことなんですけど」

「番《つがい》の儀《ぎ》を行うまではここに二人で暮らす」

「だから番には――――って、え？　二人？」

不穏《ふおん》な言葉に、昴はぎょっとして目を瞠った。

「うむ」

レグナは昴の問いに、あっさりと頷く。そこはできれば否定して欲しかった。

「……フィールは一緒ですよね？」

人じゃないし、龍《りゅう》でもないし、数に入っていないだけだと思いたかったのだが……。

「いや、あやつには神殿《しんでん》の見張りを頼《たの》んである」

「神殿？　あ、ひょっとしてさっきの建物ですか？」

「そうだ。人の声を聞かねばならないし、イサラがまた顔を出すかもしれないからな」

そう言われれば、もっともな理由にも聞こえる。

けれど……。

「――俺の部屋って」

「ここだな」

「…………レグナの部屋は」

「もちろんここだ」

上機嫌《じょうきげん》で答えられて、いよいよ顔が引き攣《つ》る。

どう見ても、ベッドは一つしかない。そして前世の経験上、龍は友人や家族を巣穴に招くことはまずないから、客間などの他《ほか》に寝具《しんぐ》のある部屋もないと思って間違《まちが》いないだろう。

いざとなったらソファがあるけれど、同じ部屋に置かれたソファなんて、防御《ぼうぎょ》力はゼロに等しい。

前途《ぜんと》の多難さを思う存分予感して、昴はため息をこぼしたのだった……。

「そんなに変わったんですね……」

「そのようだな。俺も人の生活はよく分からないが、魔法《まほう》の恩恵《おんけい》だろう」

そう言いながら、レグナはお茶に口をつける。

○

ここでレグナと暮らし始めてから三日。

二人きりだし、ベッドは一つしかないしで最初はかなり不安だったが、意外にも約束通り、あれ以来レグナに押し倒されるようなこともなく、平和そのものである。

洞穴《ほらあな》の中には寝室《しんしつ》と居間にしているこの部屋以外に、水場や竈《かまど》などのある台所や、小さいながらも温泉の湧《わ》く風呂《ふろ》場《ば》、龍になったレグナが降り立てるほど広いバルコニーなどがあり、不自由はない。

昴は自分が死んでからの百年のことを、いろいろ教えてもらったり、本を読んだりして過ごしていた。

今も夕食のあと、こうしてお茶を飲みながらゆっくりとレグナの話を聞いているところだ。

百年で変わった人の暮らしや、このあたりを治める国が変わったこと、技術の進歩など、昴には驚くことばかりだった。例えば、今飲んでいるお茶だって、ルカが生きていた時代にはものすごい高級品で、簡単に手に入るようなものではなかったし、風呂場にある石けんだってまだなかった。もう随分《ずいぶん》と近代的になっているんだなぁと思う。

けれど、やはり違う進化の仕方をしているなと感じる部分もあった。おそらく、龍と魔法の存在が原因なのだろう。

人間の中にも魔法を使えるものがいる、という話は興味深かった。ルカの時代も巫女《みこ》はいたけれど、占《うらな》い師と霊媒《れいばい》師を兼《か》ねた感じの存在で、魔法が使えるわけではなかったはずだ。怪《あや》しげな術の存在は噂《うわさ》として伝わっていたけれど、もしあの時代にそれを魔法だなどと言っていたら、龍に対して不敬だと白眼視されただろう。

もっとも、召喚《しようかん》術などというものでこちらに呼び出された時点で、その存在は疑いようもないものだったのだが。

「龍の使う魔法とは全然違うんですよね？」

「そうだな。精霊《せいれい》は龍にとっては僕《しもべ》だが、人間たちにとっては対等な契約《けいやく》相手ということになるようだ。術も強力なものは使えない代わりに、複雑で緻密《ちみつ》なものが作られている」

「その一つが召喚術？」

「そういうことだ」

なるほど、と頷《うなず》きながら李《すもも》の皮を剝《む》く。今日レグナが持って帰ってきてくれたものだ。

フィールから連絡《れんらく》があったため、レグナは夕方近くに神殿へと出掛《でか》け、人間の王の願いを聞いてきたらしい。

まぁ、それが仕事ということなのだろう。神殿の存在から薄々《うすうす》感じていたことだが、レグナは正式に人間の王と国を庇《ひ》護《ご》する契約を結んでいるらしい。龍の中には人を気に入って、庇護を約束する者がいるというのは知っていた。国を大きくするにはむしろ龍の庇護は必須《ひっす》だ。

ともかく、そうして捧《ささ》げられた供物《くもつ》の一つとして、李も持って帰ってきてくれたのだった。

食事は昴が作るときもあるし、レグナが作るときもある。ただ、レグナが作るときはいつだって、昴の――――いや、ルカの好きなものが食卓《しょくたく》に並んだ。

料理だけでなく、李やブドウといった果物も、ルカの好物だった。

味覚はそれほど変わらないのか、昴も好きなものばかりだから嬉《うれ》しいけれど……。

ほんの少しだけある引っかかりを呑《の》み込むように、昴は皮を剝いた李を口に入れた。

「そういえば……」

ふと、窓の外を見たレグナがそう言って立ち上がる。

「？　どうかしたんですか？」

昴は首を傾《かし》げた。

「バルコニーに出てみないか？」

「え？」

「まだ三日月だが、随分と美しかった。お前と見たいと思ったのだが……どうする？」

「……行きます」

頷いて昴は立ち上がり、レグナに続いて部屋を出ると、裸足《はだし》のままバルコニーへ向かう。

ここでの暮らしは基本的に裸足だった。

閉じ込めると言った通り、レグナは昴を外に出す気は一切《いっさい》ないようで、そもそも靴《くつ》が用意されていないのだ。

洞穴の中はどこもつるつるとした石に覆《おお》われていて、室内と変わらないため特にそれで問題はなかった。もともと、昴自身、室内で靴を履《は》いて生活するのには抵抗《ていこう》があるからちょうどよかったとも言える。

廊下《ろうか》には明かりがなかったが、バルコニーのある左手側から青白い月明かりが差し込んでいて、ぼんやりと明るい。

そこを並んで歩き、バルコニーへ出た。

「うわ……すごい……」

呟いて、昴は足を止める。

空に浮《う》かぶ三日月と満天の星。それが下の湖面にも映っている。

あまりの美しさに背筋がぞくりと震えた。

「あっ」

「おっと、危ないな」

上を見るのに夢中になりすぎてよろけた昴を、レグナの腕《うで》が抱《だ》き留める。

「す、すみません……わっ」

子どもみたいなことをしてしまったと焦《あせ》る昴にレグナは笑って、そのまま抱き上げるとベンチに座らせてくれる。

「ありがとう……ございます」

少し恥《は》ずかしかったけれど、小さな声で礼を言うと、昴はもう一度空を見上げた。

「湖に星を見に行ったことがあっただろう?」

「湖に、星……」

そう言えば、連れて行かれたことがあった。

「確か、あのときって」

「ああ、ルカと喧嘩《けんか》をした」

そう言ってレグナがクスリと笑う。

――そうだった。

そこで初めてレグナと喧嘩をしたのだ。

確か龍《りゅう》である以上、イサラを邪険《じゃけん》にもできずに対応したことが原因だったと思う。それで、イサラと争ったレグナが怪我《けが》をした。

自分なんかのために怪我をしないで欲しいと言ったルカを、レグナは本気で怒《おこ》った。だが、ルカもそこはどうしても引けなくて……。

けれどルカが足を滑《すべ》らせて湖に落ち、レグナがそれを助けて仲直りしたのだ。

「ルカがみるみる水面に沈《しず》んでいって、それは驚《おどろ》いたものだ」

「……レグナが着せる服が大仰《おおぎょう》なのがいけなかったんですよ。いつもの粗末《そまつ》な着物なら、泳げたのに」

そんな話をしながら、昴はふと、昔実際に観《み》た星空のことを思い出した。

高校一年の校外学習で、キャンプをしたときのことだ。広場で見上げた星空と、科学教師による星の解説。藁半紙《わらばんし》で作られた神話の小冊子。キャンプファイヤーのあとの少し焦《こ》げ臭《くさ》い匂《にお》い……。

見上げれば、あのときよりももっと多くの星が瞬《またた》いている。けれどこの中に、あのとき教わった星座は一つもない。自分の名を冠《かん》した星団も……。

当たり前のことだ。ここはまったく違《ちが》う世界なのだから。

分かっていたことなのに、どうしてだろう？　急に胸の中がすうっと冷たくなる。

生まれてからずっと、あの世界は自分の本当の居場所ではないという気がしていたし、そもそもこちらにきてからもう五日も経《た》っている。なのに、今頃《いまごろ》になってどうして、こんな気分になるのだろう。

――……淋《さび》しい、なんて。

「っ……」

そう思った途端《とたん》、急に肩《かた》を抱き寄せられて、昴は驚いてレグナを見つめた。

「……どうしたんですか？」

「スバルが寒そうだったからな」

寒そう、という言葉にパチリと瞬き、小さく笑った。笑っているのに、ほんの少しだけ泣きそうになって、一度奥歯を嚙《か》みしめる。

「ありがとうございます」

そうお礼の言葉を口にしながら、やさしくされるのは困る、と思った。

やさしくされれば嬉しいと思ってしまう。心が傾《かたむ》いてしまう。

心なんて単純なものだ。自分を淋しくさせる原因を作ったのもレグナなのに……。

触《ふ》れている肩が温かく、じんわりと熱が染《し》み入るような気がした。

けれど……。

どうしてだろう？　レグナにやさしくされるたび、不思議と少しずつ淋しくもなる。

喜ばそうとしてくれているのは分かる。そのたびに嬉しいと思う。それなのに、なぜか少しずつ淋しくなっていく。

自分の心のことなのに、理由が分からなくて、でもその肩のぬくもりを突《つ》き放す気にもなれなかった。

そんな自分の心から目を逸《そ》らすように、昴はレグナの横顔をちらりと見つめる。

「────……何も訊《き》かないんですね」

「スバルが、話したいのなら聞くぞ？」

やさしい声に、昴は少し考え込んで、それからゆっくり口を開いた。

「俺の昴っていう名前、向こうの世界の星からとったものなんです」

正確には星団だが、こちらの天文学がどこまで進んでいるのか分からないし、その辺りは詳《くわ》しく言う必要もないかと思う。

「この星を見たら、思い出しちゃって……もう、一生見れないんだなって」

口にしてから、言うべきではなかったと後悔《こうかい》した。

きっとレグナには、自分を責めていると伝わってしまっただろう。

もちろん、原因はレグナで、責める気持ちがないわけでは決してない。勝手に呼び出して酷《ひど》い話だとも思っている。

けれど、今だけは……こうして、肩の熱を分けてくれている間だけは、そんなこと忘れてもいいような気がしていたのに。

「俺を恨《うら》んでいるか？」

案の定、そう訊かれて、昴は言葉に詰《つ》まる。

「……いや、恨んでいるに決まっているか」

昴の沈黙《ちんもく》を肯定《こうてい》と取ったのか、レグナはそう言った。

それにもやはり、違うともそうだとも言えず、昴は月明かりでぼんやりと白く見える裸足の爪先《つまさき》を見つめる。

「正直に言えば、お前が来るまで、お前をここに呼ぶことで、お前に恨まれる可能性があるとは考えていなかった」

「――そうでしょうね」

自分が昴……いや、ルカに愛されているという自信があれば、そんなことを心配する必要もなかっただろう。

呆《あき》れて、昴はため息をつきつつレグナを見た。

「っ……」

少しだけ、ドキリとする。

意外にもレグナは、少し困ったような苦笑《くしょう》を浮かべていた。

それからようやく気づく。

――先ほどの言葉と併《あわ》せて考えれば、今は昴が拒否《きょひ》していることを理解しているということなのか。

「いや、そう思いたくなかっただけなのかもしれないな。……信じたかった」

昴の考えを肯定するように、レグナが言う。

てっきり昴は、今もまだ、レグナは自分に愛されていると勘違いしているのだと思っていた。

いや、正確に言えば、昴はルカなのだから、レグナを愛していて当然と思っているというか……。

「だが今は、お前に、ここに来てよかったと思って欲しいと思っている。ここがお前の居場所だと、思わせたい」

「そんなの……無理です」

「無理かはまだ分からないだろう？」

そう言ったレグナを直視することも、問いに答えることも難しくて、昴はきゅっと唇《くちびる》を噛む。

――ここがお前の居場所。

そう思える場所が欲しいと、自分はずっと思っていた気がする。それをレグナがくれるというのだろうか？

いや、違う……。レグナが居場所を用意しているのは、自分ではなくルカなのだ。

勘違《かんちが》いしてはだめだと、そう自分に言い聞かせながら、昴はそっとため息を落とした……。

○

「レグナ？　いないんですか？」

翌日、起きるとレグナはベッドにいなかった。

洞穴《ほらあな》内を見て回ったけれど、どこにも姿がない。竈《かまど》にかけられた鍋《なべ》にはできあがったスープがあり、食事の支度《したく》はほとんど済んでいた。

昨日夜更《よふ》かしをしたせいか、起きるのが遅《おそ》くなったから、起こさないでくれたのか。

「どこに行ったんだろ……」

一人で食事をする気にもなれず、部屋へ戻《もど》る。

「俺、こっちに来てからほんとなんもしてないな……」

呟《つぶや》いて、クッションの上に座るとため息がこぼれた。

『お前に、ここに来てよかったと思って欲しいと思っている。ここがお前の居場所だと、思わせたい』

思い出すのは、昨夜のレグナの言葉だ。

洞穴の中は暖かくて、安全で、食事にも困らない。自分が作ったり、レグナが作ってくれたりした食事を摂《と》って、ゆっくりと風呂《ふろ》に浸《つ》かって、合間に本を読んだり話を聞いたりして……。

そのうち退屈《たいくつ》だと感じるようになるのかもしれないが、今のところは不満もなかった。

あの言葉通り、レグナはここに居場所を用意してくれようとしている。

けれど、それが自分のための居場所ではないと分かっていながら、居座り続けるのはどうなのだろうか？

自分はどうするべきなのだろう？

レグナのことが、嫌《きら》いなわけではない。いいところも悪いところも知っているし、強引《ごういん》ではあるけれど、大切にされているのは分かる。

ただ男同士で番《つがい》になるなんて、そんなのはやはり受け入れ難《がた》いと思う。

傍《そば》にいたくないわけではないし、他《ほか》に行くところもない。けれど、そんな理由でこのままずるずると番にされてしまうのは……。

そこまで考えて、昴は右膝《みぎひざ》を抱《かか》え、ぎゅっと頭を押しつけた。

――レグナは自分を番にしようとしている。

ルカになれないのならば、せめてその話を受けるべきなのだろう。

番になることはできないと思っていながらも、厚意《こうい》に甘えるのは卑怯《ひきょう》だ。

でも、行く場所がないのだって、もとはと言えばレグナのせいなのだ。勝手にこんなところに呼び出して、勝手に番にしようとして。

だから、いいんだと開き直れればよかったのだが……。

堂々巡《めぐ》りをする思考に、昴はうめき声を上げつつ、ずるずるとカーペットに寝転《ねころ》がった。

一人になると、どうしてもいろいろと考えてしまう。

昨夜感じた淋《さび》しさのことも。

元の世界のことを思って、淋しくなるのは仕方のないことだと思う。

いくら上手《うま》く行っていなかったとは言っても、両親のことが嫌いだったわけではない。問題はいつだって自分のほうで、両親は悪くなかったと思う。

友人だって、サークルの仲間だっていた。大学だって、自分なりに頑張《がんば》って入った。

そのすべてから遠いところに来てしまったのだ。淋しくても当たり前だろう。

だが、どうして今頃《いまごろ》になってこんなことを考えているのだろうか？

生活が落ち着いてきたせいなのか。それとももっと別の理由があるのか。

「……今まで淋しいと思わなかったのって、記憶《きおく》のせいでもあるよな」

ぽつりと呟いて、ため息をこぼした。

自分の中のルカの記憶が、この世界に『帰ってきた』と錯覚《さっかく》させている。自分の居場所はここではないという、元の世界で感じていた違和感《いわかん》も、ここでは感じることはなかった。

本当は全部が初めての場所のはずなのに。自分はルカではないのに……。

自分がルカだったなら、どれだけ話は簡単だっただろう？

そんなことを考えていると羽音がして、昴は慌《あわ》てて起き上がる。

「おかえりなさい」

部屋に入ってきたレグナに、そう声をかけると、レグナは嬉《うれ》しそうに笑った。

「ただいま。食事は済ませたか？」

「いえ、まだです」

「なら、一緒《いっしょ》に摂ろう」

頷《うなず》いて、一緒に台所へ向かう。台所にあるテーブルの上には、さっきまではなかったブドウが置かれていた。レグナはどうやらこれを採りに行っていたらしい。

そのまま台所のテーブルで食事をして、デザートのブドウを食べる。

「うまいか？」

「おいしいです。よく、熟《う》れてて」

ブドウは一番好きな果物だ。――自分だけでなく、ルカも。

ちくりと胸が痛んだ気がして、昴は首を傾《かし》げる。

「どうかしたか？」

「なんでもない、です」

「そうか……」

頷いて、黙々《もくもく》とブドウを口に運ぶ。巨峰《きょほう》に似ているけれど、もう少し小ぶりで赤みが強い。

「レグナは食べないんですか？」

「……そうだな、一つもらうか」

あーんと口を開けられて、ため息がこぼれた。

「自分で食べてください」

「皮を剝《む》くのが面倒《めんどう》だ」

「また、そんなこと言って……」

また、と口にした途端《とたん》、ハッとする。

ブドウの皮を剝くのが面倒だとレグナが言ったのは、ルカの記憶だった。

思わず沈黙《ちんもく》した昴に何を思ったのか、レグナが立ち上がる。

「少し出掛《でか》けるか」

「え？　あ、いってらっしゃい……」

突然《とつぜん》のことに昴はパチリと瞬《また》きつつ、そう言ったのだが。

「お前も一緒に、だ」

レグナはそう言うと、昴の腕《うで》を摑《つか》んだ。

「ここは、ルカの村のあった辺りだな」

「えっ？　本当ですか？」

龍《りゅう》に変化したレグナの背に乗った昴は、眼下の景色に目を瞠《みは》る。

きちんと意識があるときに外に出たのは、こちらに来てから初めてのことだった。

こぢんまりとした集落だったはずのそこは、石造りらしい建物の建ち並ぶ街になっていた。広さも四～五倍はあるのではないだろうか。昔の記憶と照らし合わせつつ、隣村《となりむら》と合併《がっぺい》したのかなと思う。

ルカもこうしてレグナの背に乗せられて移動することがしばしばあったけれど、昔とは随分《ずいぶん》違《ちが》う街並みに、百年という時間の長さをあらためて実感する。

街だけでなく、街道《かいどう》も随分《ずいぶん》整備されているようだ。

けれど……。

「着いたぞ」

やがてレグナが降ろしてくれた場所は、崖《がけ》の上の花畑だった。昴はすぐに、そこが昔ルカとレグナが二人でよく来た、思い出の場所の一つだと気づく。

「全然、変わってない……」

とりどりの花が咲《さ》く花畑を、昴は呆然《ぼうぜん》と見つめる。

まるで、そこだけ時間が止まっていたかのようだった。いや、唯一《ゆいいつ》奥に一本だけ立つ木は、その太さや枝振《えだぶ》りを増している気はするけれど……。

「ここは人が立ち入らないようにしてあるからな」

そういえば、ここは禁足地だ。ルカの生きた時代にはすでにそうだったから、そのあともずっとということなのだろう。禁足地とは、この世界においては、龍によって人の立ち入りを禁止された場所のことである。

「行こう」

レグナに手を引かれるままに、花畑へと足を踏《ふ》み入れる。向かうのは木の根元だ。

豊かな枝振りに日差しが遮《さえぎ》られているせいで、その下だけは花が咲いていない。二人は並んで腰《こし》を下ろした。

「きれいだろう？」

「……うん」

素直《すなお》に頷くと、レグナは安堵《あんど》したように微笑《ほほえ》む。

どうやら、昴が凹《へこ》んでいることに気づいて連れてきてくれたらしい。

「――ここで、花冠《はなかんむり》の作り方を教えてくれたのを覚えているか？」

考えるまでもなく、昴はまた頷く。

「レグナは全然上達しませんでしたけどね」

不器用な手つきを思い出し、笑《え》みがこぼれた。

ところがレグナはそんな昴に向かって、にやりと不敵な笑みを浮《う》かべる。

「見ていろ」

レグナはそう言うと、立ち上がり花を摘《つ》み始めた。そしてその花を手に再び座り込むと、大きな手で花冠を編んでいく。

「……すごい」

手早く、見事な花冠を作ってみせたレグナに、昴は驚《おどろ》いて目を瞠る。

「またお前に会える日までにと思って練習しておいた。時間はたっぷりあったからな」

レグナは得意げに笑うと、その花冠を昴の頭に載《の》せた。

ずっと一人で、練習していたのだろうか？　いつか会えると信じて……百年も？

ぐっと、胸の奥からなにかがせり上がってくるような、そんな気がして、昴は胸元《むなもと》を押さえた。

レグナが上達したのは花冠を作ることだけではない。料理もそうだ。ルカのしたことを一つ一つなぞって、そうやって一人で、いつか会えると信じて……。

――百年も一人にしてごめん。

そんな言葉がのど元まで出かかった。けれど、言葉にはならない。

だって、レグナが待っていたのは、ルカだ。

百年間、会いたいと願っていた相手は自分ではない。

ただ、自分の中に、レグナを独りにしたくない、そばにいてあげたい、という気持ちがあることだけは、もう認めざるを得なかった。

「レグナ……」

「なんだ？」

愛《いと》おしそうに目を細めて自分を見るレグナを、昴もじっと見つめる。

「……番《つがい》になれなくても、友達としてずっと傍《そば》にいるんじゃだめなんですか？　それなら、俺だって……」

「だめに決まっている」

昴の言葉を、レグナはあっさりと否定する。

「俺はお前に恋《こい》をしているんだ。番にする以外の選択肢《せんたくし》はない」

真っ直《す》ぐに見つめたまま、情熱的な声が囁《ささや》く。

「こ、恋って……」

思わず狼狽《うろた》えて視線を外した途端、見計らったかのようにレグナの手が頬《ほお》に触《ふ》れ、唇《くちびる》が重なった。

「っ……や、やめてください」

慌てて振《ふ》り払《はら》ったけれど、心臓は痛いくらいに早鐘《はやがね》を打っている。頬が熱い。

レグナの手は花の匂《にお》いがした。もう一度レグナが手を伸《の》ばしてきたことにびくりと肩《かた》を揺《ゆ》らしたが、レグナの手は昴には触れず、弾《はず》みで落ちてしまったらしい花冠を拾い上げた。

「キスくらいいいだろう？」

もう一度花冠を頭に載せてくれながら、レグナが少し拗《す》ねたように言う。

「……だめです」

そう言った声は、掠《かす》れていた。

苦しい。

レグナが恋をしているのは、ルカだ。自分ではない。

そう思った途端、キリリと胸の奥が痛んで、昴はぐっと奥歯を嚙《か》みしめ俯《うつむ》く。

どうして自分がこんな気持ちにならなくてはならないのだろうと思うのと同時に、どこかで納得《なっとく》していた。

ああ、昨日感じた引っかかりはこれだったのか、と。

ルカと自分の味覚が似ているのか、これもまた記憶《きおく》のせいなのかは分からないが、ルカの好きなものは大抵《たいてい》自分も好きだ。

けれど、レグナが昴のためにと、ルカの好きだったものを用意してくれるたび、違和感《いわかん》があった。

あれは、用意されたものが本当は自分ではなく、ルカのためのものなのではないかと感じていたからだったのだろう。

今も、そう思っている。

レグナが凹んでいた昴を励《はげ》まそうと連れてきてくれたこの場所も、花冠も、すべては再会した『ルカ』のためのもの。

元の世界を思って淋《さび》しいと感じるようになったのも、生活が落ち着いたからなんかではなかった。

ここにも自分の居場所などないのだと、そう感じ始めていたからだったのだろう。

それはつまり自分の中に、ここを居場所だと思う気持ちがあったということでもある。

自分はルカではないということは、最初から分かっていたし、自分でもあれだけレグナに対して主張していたというのに……。

ここが、ルカではなく自分の居場所だったらどれだけよかっただろう。

レグナに思われているのが、昴自身だったならどれだけ……。

そんなことを思って、昴はぐっと手のひらを握《にぎ》り締《し》める。

ずっと、レグナのことを好きだと思う気持ちを否定してきた。この気持ちは自分のものではない、ルカのものだと、思おうとしてきた。

けれどこの胸の痛みは、誰《だれ》のものだろう？

レグナが好きなのは自分ではなくルカだと思うたびに痛む、この心は。

気づきたくなかったと思いながら、昴は頭の上に置かれた花冠にそっと触れてみる。

嬉《うれ》しいと思う気持ちと、淋しいと思う気持ちが同時に湧《わ》き上がってきた。

自分のためにと思えば嬉しい。けれどそれが本当はルカのものだと思えば淋しい。

嬉しいと思う気持ちや、レグナに対して抱《いだ》くときめきは、すべてルカの記憶のせいだと思っていた。

けれど、淋しいと思う気持ちが自分のものならば、淋しさの裏には当然、自分を好きになって欲しいという気持ちが隠《かく》れている。

一度気づいてしまったら、もう目を逸《そ》らすことは難しかった。

――――自分もレグナのことが好きなのだ。

「……気づきたくなかったな」

「うん？　何か言ったか？」

ぽつりとこぼれた呟《つぶや》きに、レグナが不思議そうに聞き返してくる。

「なんでもないです」

昴は花冠が落ちないよう、ゆるゆると頭《かぶり》を振った。

自分を真っ直ぐに見つめてくるレグナの視線から逃《のが》れるように、花畑へと視線を向ける。

本当に自分はバカだと思いながら。

○

眠《ねむ》れない。

──部屋の明かりを消してから、もう随分《ずいぶん》時間が経《た》っているが少しも眠くならず、昴はゆっくりと体を起こした。

窓からの月明かりで、室内はぼんやりと明るい。窓辺には花畑で摘《つ》んできた花が飾《かざ》られており、月の光を浴びて最後の蕾《つぼみ》を開いている。

花畑に連れて行ってもらってから二日。

あの日から、レグナに対して少しぎこちない態度をとってしまうことが増えた。

正直、レグナとどう接していいか分からないのである。

ルカだけでなく、昴自身もレグナのことが好きだということを、レグナには知られたくなかった。

もちろん、知ればレグナは喜ぶだろう。番になるのになんの障害もなくなったと思うだろう。

いや、今だって障害があるとは思っていないかもしれない。ただ、番の儀《ぎ》を行う満月の夜を待っているだけで。

けれど、どうであれ自分はそうはいかない。

隣《となり》で眠るレグナの寝顔《ねがお》を見つめて、昴は小さなため息をこぼした。

月明かりでぼんやりと見える姿に、最後に見た夢のことを思い出す。

三日後の儀式を楽しみだと語った、レグナとルカのことを。

あのとき、夢の中の自分は、本当に幸せだった。ルカの記憶なのだから、実際のところ幸せだったのはもちろんルカだ。

けれど、夢の中とはいえ、幸せだと感じてしまった記憶は確かに昴の中にも残っている。

その記憶が、疎《うと》ましくてならなかった。

誰よりも好きな人と結ばれる、そんな幸福の絶頂にいたルカ。死してなお思われて、大切にされているルカ……。

誰でもない、自分自身の前世だというのに、昴にはその立場が羨《うらや》ましくて仕方がなかった。

「バカみたいだな……」

思わず呟きがこぼれて、昴はハッと口元を押さえ、隣で眠るレグナの様子を見る。

幸い、レグナの眠りを妨《さまた》げるようなことはなかったようだ。

昴は少し考えて、そっとベッドから降りた。

眠れそうもなかったし、外の空気でも吸ってこようとそう思ったのである。このままではレグナを起こしてしまいそうだというのもある。

あのあと、昴は落ち込んでいるように見えないよう振《ふ》る舞《ま》ったつもりだったが、レグナにはそれが演技だと見抜《みぬ》かれていたのだろう。随分気を遣《つか》われた。

したいことはないかとか、食べたいものはないかとか……。

眠れずにいることを知られれば、また心配を掛《か》けてしまうだろう。

ところが……。

「っ……」

廊下《ろうか》を進み、バルコニーに出ようとしたところで静電気のようなものが体に走り、昴は息を呑《の》んだ。

酷《ひど》い痛みというわけではなかったから、びっくりしただけだったが、一体何だったのかと首を傾《かし》げる。

けれど、そのままバルコニーに出た昴の肩《かた》を大きな手ががしりと摑《つか》んだ。

「わっ」

今度こそ驚《おどろ》いて声を上げる。

背後から昴の肩を摑んだのは、もちろんレグナである。

どうやら起こしてしまったらしい。

「すみません――」

「どこへ行く気だ？」

起こすつもりはなかったと謝罪しようとした昴の言葉を、レグナの声が遮《さえぎ》った。

その声があまりにも暗く、昴は言葉を失う。

だが、そのことがより一層レグナを苛立《いらだ》たせたらしい。

「また逃《に》げるのか？」

「いっ……」

二の腕《うで》を掴まれて、引き寄せるように体を反転させられた。そのまま壁《かべ》に背中を押しつけるように押さえつけられる。腕に食い込む指の力は強く、昴は痛みに呻《うめ》いた。けれどそれでもレグナの手は緩《ゆる》まない。

「そんなに俺の番《つがい》になるのは嫌《いや》か？」

痛みを堪《こら》えながら、昴はレグナを見上げる。

いつもとはまるで様子が違《ちが》う。

ここに来て初めて、レグナを怖《こわ》いと思った。人ではなく龍《りゅう》なのだと、人知の及《およ》ぶところにあるものではないのだと感じる。

どうしてそんなことを訊《き》かれているのかも、分からなかった。それでも、番になるとは言えない。

番になることは、いやではない。けれど……。

「番になるのは……無理です」

口にした途端《とたん》、レグナの目が暗く光った。

「んっ…んぅっ」

突然《とつぜん》唇《くちびる》を奪《うば》われて、昴は目を瞠《みは》る。

もうそれ以上話すなと言うような、乱暴なキスだった。

舌をねじ込まれ、口腔《こうこう》を舐《な》められる。避《よ》けたかったが、壁とレグナに挟《はさ》まれた状態で身動きが取れない。だからといって、レグナの舌を噛《か》むような真似《まね》も昴にはできなかった。

こんなの嫌だと思うけれど、それでも……。

「っ…んっ、ん」

キスはそのまま、足の間に入り込んだ膝《ひざ》が、昴の股間《こかん》を押すように刺激《しげき》する。ぐりぐりと下から押し上げられて、体が震《ふる》える。腕も掴まれたままで、ずり上がることもできなかった。

閉じられないままの唇《くちびる》から唾液《だえき》がこぼれる。舌を吸われて、顎《あご》が震えた。

「や……放してくださ……っ」

「だめだ」

「っ…い……」

首筋に噛みつかれて、昴は痛みに肩を竦《すく》める。

そうして痛みに怯《ひる》んだ昴の腕を、レグナはまとめて頭上に押さえつけた。

じくじくと痛む首筋をレグナの舌が舐め上げ、腕を押さえているのとは逆の手が、胸元《むなもと》を這《は》う。

「あ…ぁ…っ」

気持ちがよすぎて辛《つら》いと思うことはあったけれど、こんな風に痛みを与《あた》えられたことは今まで一度もなかった。

昴には、レグナがここまで激昂《げきこう》している理由が分からなかった。

ただ、逃げる気かと訊かれたことが引っかかる。

どうしてそんな風に思ったのだろう。確かにここのところ、レグナを避けてしまっているところはあった。それでも、ここを離れようなんて思ったことはなかったのに……。

「待って…話を……ひぅっ」

話を聞く気などないというように、膝で股間を強く圧迫《あっぱく》されて、ぞわりと背筋が粟立《あわだ》つ。

そのままゆっくりと上下に刺激されて、昴は湧《わ》き上がる快感を必死で堪えようとした。

けれど、単衣《ひとえ》の上から尖《とが》り始めていた乳首《ちくび》に爪《つめ》を立てられて、膝が震える。

こんな風に、無理矢理押さえつけられて、それでも感じてしまうなんて……。

「あ…っ…あ…ぁっ」

くりくりとしつこく弄《いじ》られて、膝に圧迫されている場所が徐々《じょじょ》にキツくなっていく。

「そんな風に腰《こし》を揺《ゆ》らして、誘《さそ》っているのか？」

「ち、が……ああっ」

「違わないだろう？」

痛いくらいの力で、乳首を摘《つま》まれた。力が抜《ぬ》かれたあともじんじんとする場所を、今度はやわらかく捏《こ》ねられる。

「も、やめて……くださ…」

「なぜだ？　スバルのここはもう、快楽に震えているというのに？」

「や……ぁっ」

膝を当てられるだけのもどかしい刺激に、どんどん息が上がっていく。

そして……。

「あぁっ」

かくんと膝が崩《くず》れた。レグナの手が、昴の腕を掴んでいたせいで崩れ落ちるようなことはない。けれど、自分の体重がかかったことで、急に強い刺激を受け、昴は結局堪えられずに、イッてしまった。ぐちゃぐちゃになって張り付く布地が気持ち悪くて、泣きたくなる。

「は…っ…はぁ……っ」

レグナが昴の帯を解くと、太股《ふともも》を白濁《はくだく》が伝い落ちていくのが見えた。レグナの指がその白濁をすくい取り、奥へと入り込む。

「やだ……や…っ」

ぎゅっと窄《すぼ》まっている場所に、指が強引《ごういん》に突《つ》き入れられる。

体勢のせいだろう、浅い場所だけを弄られて、イッたばかりで敏感《びんかん》になっている体はまたすぐに快感を拾い始めてしまう。

「こんな体で俺のもとを離れて、どこへ行くつもりだった？」

指を抜かれ、強引に片足を抱《かか》え上げられる。

「や……やめ…っ」

指で開かれた場所に、熱いものが押し当てられた。くぷりと先端《せんたん》部分が入り込んでくる感《かん》触《しょく》に、痺《しび》れるような快感が走って泣きたくなる。

こんなのは、嫌だと思うのに……。

「あ、あぁ――……っ」

そのままさらに奥へと入れられて、バランスを崩した体をレグナが壁に押しつけるようにして支える。腰を押しつけられて、中が開いていくのが分かった。

「んっ、んっ……んぅっ」

揺さぶられて、擦《こす》られて、体はどんどん気持ちよくなっていく。

けれど、気持ちよくなるほど、胸の中はどんどん空っぽになっていくみたいだった。

それは、レグナにやさしくされたときに感じた淋《さび》しさに少し似ていて……。

やがてレグナが自分の中で絶頂を迎《むか》えたのを感じながら、昴は意識を手放した。

誰《だれ》かに呼ばれた気がして、ふっと目が覚めた。

いつの間にかベッドに寝《ね》かされていたようだ。窓の外はまだ暗い。夜明けが近いのか遠いのかも分からないまま、昴は体を起こした。

汚《よご》れた体と服はきれいにされており、先ほどのことが悪い夢だったのではないかと思う。けれど節々が痛む体に、あれは実際にあったことだと思い知らされた。

室内にレグナの姿はない。少し外しているだけなのか、どこかへ出かけていったのか、それは分からないが……。

そんなことを思ううちに、どこかで羽音がした。

「レグナ……？」

やはり出かけていたのだろうか？　それとも出かけるところなのか。

不思議に思っていると、どこか急ぐような足音が近付いてきた。そして、ドアが外から開く。

「――見つけた。こんなところに閉じ込められていたとはな」

「……イサラさん？」

そこにいたのは、イサラだった。どうやら先ほどの羽音もイサラのものだったらしい。

どうしてここがと思ってから、バルコニーに出るときに感じた、あの静電気にも似た衝撃《しょうげき》を思い出す。

あれは、今思えばおそらく結界だったのだろう。さっきはきっとそれを破ったせいで、レグナを起こしてしまったのだ。

イサラがここに来たのも、きっとそのことが関係しているのだろう。

「随分《ずいぶん》と捜《さが》した」

「あ、あの……」

そんなこと言われても、どうしていいか分からない。

そもそもここに来たのも、閉じ込めるためというより、イサラに見つからないようにするためだというようなことを聞いた覚えがある。

「ほら、行くぞ」

「ま、待ってくださいっ」

近付いて来たイサラに、ぐいと腕《うで》を引かれた。昴は慌《あわ》てて声を上げ、その手を振《ふ》り払《はら》う。

「どうした?」

「お、俺……行けません」

イサラは自分に付いてくるのが当然という態度だが、昴のほうにはそれに従う道理がない。レグナとの関係をこれからどうすればいいのか分からないけれど、あんなことをされてもやっぱり嫌《きら》いにはなれなかった。

イサラと一緒《いっしょ》に行くという選択肢《せんたくし》はない。

けれど。

「このままじゃ本当にレグナの番《つがい》にされるぞ。それでもいいのか？」

そう訊《き》かれて昴は顔を強《こわ》ばらせた。思わず俯《うつむ》いた昴をイサラは好機とばかりに引き寄せ、抱《だ》き上げる。

「お、降ろしてくださいっ」

「迷ってる暇《ひま》はないんだ。早くしないとあいつが戻《もど》ってくる」

言いながらイサラは部屋を出る。

「早くしないと戻ってくるって……なにかしたんですか⁉」

イサラの言う『あいつ』とはレグナのことだろう。洞穴《ほらあな》の中は自分たちの立てる物音以外、なんの音もしない。

「大したことじゃない。ちょっとした時間稼《かせ》ぎだ」

イサラが何をしたのか分からないが、今レグナがいないのはイサラに関係があるようだ。

イサラはあっという間にベランダに出ると、龍《りゅう》に変化《へんげ》して飛び立った。その手に摑《つか》まれた状態の昴は、空に上がられてはむやみに暴れることもできない。万が一にも落ちれば助からないだろう。

放せと言うのは一旦諦《いったんあきら》めて、眼下の景色を見つめる。けれど、月明かりを頼《たよ》りに目を凝《こ》らしても、イサラがどこに向かっているのか見当も付かなかった。

ただ、いつかどこかでこんな光景を目にした気がして、昴は首を傾《かし》げる。

「……どこへ行くつもりですか？」

「とりあえずはレグナの縄張《なわば》りを離れる」

端的《たんてき》な答えだった。それだけイサラも焦《あせ》っているということだろうか。

それを裏付けるように、程《ほど》なくしてイサラの口から「来たか」という声がこぼれた。

ハッとして背後を見ると、後ろから一つの影《かげ》がぐんぐんと近付いてくる。この距離《きょり》ではっきりと姿を捉《とら》えることはできないが、レグナ以外にいないだろう。

「安心しろ。今度こそ助けてみせる」

「今度こそ？」

イサラの言葉に引っかかりを覚えて、昴は眉《まゆ》を寄せた。

なんだろう？　なにかが……。

「うわっ」

疑問に思ううち、レグナが追いついてきて、イサラが急降下する。

そうしてイサラが昴を降ろしたのは、二日前に来たばかりの、あの花畑だった。急降下によって花は散らされ、花びらが舞《ま》う。

暗い中、月明かりの下で見る花畑は、昼間とはまったく違《ちが》って見えた。

月光に照らされ、美しいのに、どこかぞっとするような……。

――自分はこの光景を見たことがある。

なぜかそう思った。

レグナとはいつも、昼間に来ていた場所のはずなのに。

「二度と来るなと言わなかったか？」

目の前の光景に呑《の》まれたようになっていた昴は、レグナの煮《に》えたぎるような怒《いか》りのこもった声に、ハッと我に返った。

「ルカの自由を奪《うば》って、無理矢理番にしようなんて許されないだろ。ルカは今度こそ俺が守る」

「スバルは自らあそこにいることを選んだのだから、お前の口出しすることではない」

「スバル？　――ああ、ルカのことか」

イサラは怪訝《けげん》そうな顔をしたあと、納得《なっとく》したように頷《うなず》き、それから冷笑《れいしょう》を浮《う》かべる。

「ならば百年前はどうだ？　本当に承知の上だったっていうなら、あの夜、ルカがお前のもとから逃《に》げ出したはずがない」

その言葉に、レグナは目に見えて動揺《どうよう》した。

傷ついた顔をしている。

けれど、昴自身も『逃げ出した』という言葉に衝撃を受けた。

――ルカが逃げ出した？

とてもではないが信じられなかった。

月の光の下、ルカはあんなに幸福そうだったのに。自分の心は確かに幸福な気持ちでいっぱいだったのに。

そう思うのと同時に、レグナの『また逃げるのか？』という言葉を思い出す。

あの言葉は、そして先ほどのレグナらしくない強硬《きょうこう》な態度は、すべてそのせいだったのだろうか。一度、ルカが逃げ出したから……。

けれど一体どうして、ルカは逃げ出したのだろう？　逃げ出すような理由は、やっぱりどう考えても思い出せない。

そこまで考えて、昴は目を瞠《みは》る。

――月下の花畑。今見ている、この光景……。

一瞬《いっしゅん》締めつけられるように頭が痛くなった。ぎゅっと視界が狭《せば》まる。呼吸が浅くなる。

フラッシュバックするように、いくつかの光景が浮かんだ。

それは全部、今まで自分の記憶《きおく》になかったものだ。

けれど、間違《まちが》いなくそれは自分の、いや、ルカの記憶だった。

月下の花畑、夜中に届いた知らせ。驚《おどろ》いたようなイサラの顔……。

「――……思い…出した」

ぽつり、昴が呟《つぶや》く。

ああ、そうか、そうだった。

「お前のようなやつにルカを任しとけるわけ――」

「待ってください！」

イサラの言葉を、昴が遮《さえぎ》る。

二人の目が、大きな声を出した昴を見つめた。

「違うんです。ルカは逃げたんじゃない」

「何を……」

「どうしてこんな男を庇《かば》うんだ？」

苛立《いらだ》った声でイサラが言う。

「庇ってるんじゃありません。本当のことです」

怪訝そうな顔をする二人を、昴は交互《こうご》に見る。

「今、やっと思い出したんです。……あの日のことを」

起こったことも、自分のとった行動も、その結果も……。

「あの日……深夜になって、村から幼なじみが流行病《はやりやまい》で危篤《きとく》状態だって連絡《れんらく》が届いて……」

実際にはルカに届いたわけではなく、レグナに対して助けを求める訴《うった》えだった。

『禁足地に咲《さ》く、流行病の薬になる花を摘《つ》ませて欲しい』という……。

その禁足地というのが、ここだった。

しかし、折悪《あ》しくレグナは留守にしていた。ルカは、禁足地に足を踏《ふ》み入れることを許されていたけれど、洞穴を出る手段がない。

そのとき、イサラが訪ねてきたのである。ルカはイサラに、ここを出たいと相談したが、焦っていたこともあり詳細《しょうさい》を省いてしまった。

「イサラさんはルカの願いを聞いて、ここまで連れてきてくれました」

しかしここに来るまでの間に、ルカはイサラが訪ねてきた理由が、レグナと番になることを考え直させるためだったことを聞いた。

そのつもりがなかったルカは、これ以上イサラに頼るわけにはいかないと考えて、花を摘んだあとは一人で村へと向かい……。

「そのあとのことは……本当に事故でした。暗い中、足を滑《すべ》らせて……」

ここに着いたときぞっとしたのは、ルカがここから麓《ふもと》に向かう途中《とちゅう》に、転落して亡《な》くなったからだろう。

背筋が冷たくなる、落下する感覚、衝撃《しょうげき》。燃えるように熱くなった体が、血を失って冷えていく感覚……。

思い出しただけでも、寒気がする。

「そんな……それじゃ俺は……」

呆然《ぼうぜん》とした声を上げたイサラに、昴は深々と頭を下げた。

「――イサラさん、すみません」

　昴には、イサラに誤解させたのはルカだ。

　ルカのしたことを謝ることしかできない。さすがにそれをしたのはルカであって、自分ではないと弁明する気にはなれなかった。

「ルカは最期《さいご》まで、レグナのことが好きで、レグナの番《つがい》になりたいって望んでいました。だから、あなたの思いには応《こた》えられなくて、それで……」

「もう、よせ。止《や》めてくれ……っ」

　昴の言葉に、イサラはこれ以上聞きたくないというように龍へと変化《へんげ》し、飛び去っていってしまう。

　昴はそれを目で追い、やがて申し訳なさにため息を落とす。

「スバル……」

　名前を呼ばれて、昴はレグナを見つめた。レグナもまた、窺《うかが》うようにじっと昴を見つめている。

　その目には喜びだけでなく、戸惑《とまど》いの色が見て取れた。それもそうだろう。レグナは百年間ずっと、誤解したままだったのだから。突然《とつぜん》それが間違いだったと言われて、納得できなくとも仕方ない。

　星の下で、昴を呼び出すことで恨《うら》まれる可能性があると思いたくなかったと、信じたかったと語ったレグナのことを思い出す。

あのとき自分は、ルカに愛されているという自覚があったならば当然だと思ったし、その言葉は昴の存在ゆえのものだと思った。

けれど、違ったのだ。

レグナは、ルカ自身に恨まれる可能性についても考慮《こうりょ》して、口にしていたのだと今になって分かった。

自分が不安に思うのと同じくらい、レグナも不安を抱《かか》えていた。

「本当に、ルカは逃げたわけではなかったのか？」

その問いに昴ははっきりと頷く。

「ならばなぜ、俺の番になることを拒否《きょひ》する？」

苦しげな声に、昴の胸も苦しくなった。今となっては、自分だって拒否したくてしているのではない。

「……何度も言ってるじゃないですか。俺は『昴』だからです。『ルカ』じゃない」

ルカが最期までレグナを愛していたことは本当だ。

番になることを心から望んでいた。

けれど、それは自分ではない。番として望まれていたのも……自分ではなかった。

なのに……。

「スバルは俺が嫌《きら》いか？」

残酷《ざんこく》な質問に唇《くちびる》が歪《ゆが》む。

「そんなこと訊《き》いてどうするんですか……？　俺の気持ちなんて関係ないでしょう？」

「なぜそんなことを言う？」

ゆっくりと、レグナがこちらに近付いてくる。

昴はじりじりと後退したが、少しずつ距離《きより》は狭まっていく。

ああ、だめだ。泣きそうだ。

最期までレグナを好きで、レグナに愛されていることを疑いもしなかったルカの記憶が、昴の胸に深く突《つ》き刺《さ》さっている。

「レグナが好きなのは『ルカ』なんですから……今の俺の気持ちなんてどうでもいいじゃないですか」

堪《こら》えきれず、ぽろりと目尻《めじり》から涙《なみだ》がこぼれ落ちた。俯《うつむ》いて、慌《あわ》てて手の甲《こう》で拭《ぬぐ》う。

「どうでもいいはずがない」

やさしい声だった。視界にレグナの爪先《つまさき》が入る。

「確かに最初は、随分《ずいぶん》と変わったと思った。口調も違《ちが》うし、前よりも気が強くなった」

「……悪かったですね」

「悪くなどない。お前は、ルカを失ったことを百年後悔《こうかい》し続けたと言った俺の背を、抱《だ》いてくれただろう？」

言葉と同時に、レグナの腕《うで》が昴の背を抱く。

怯《おび》え、震《ふる》える昴を宥《なだ》めるように、そっと。

「あのときに、どれだけ変わってもお前はお前で、その本質は変わらないとそう思った」

「……それって、どういう……」

「分からないか？」

レグナはそう言って、ぐっと背中を抱く腕に力を込めてきた。

「スバルのことが好きだと言っているんだ。スバルとしての二十年も全部、俺のものにしたいと思っている」

その言葉にスバルは目を瞠《みは》る。

「――……うそだ」

「うそなものか」

小さな声で笑って、レグナは抱きしめていた腕を緩《ゆる》め、昴の額にそっと口づけた。

「本当に……？　今の俺でいいんですか？」

「当たり前だ。変わったところも、変わらないところも全部愛していると言っても、信じられないか？」

正直に言えば、信じられない。けれど……。

くしゃりと顔が歪む。次から次に、涙が溢《あふ》れた。

「信じたい……信じさせて……下さい」

泣きながらそう言った昴の頬《ほお》を、レグナの両手が包み込み、上向かせる。

真っ直《す》ぐに目を覗《のぞ》き込み、それからゆっくりと唇を寄せる。

やわらかく啄《ついば》まれて、また泣いた。

「――……俺の番になってくれるか？」

その声にそっと目を開き、昴は震える唇をそっと開く。

「はい……」

暖かな光が、あたりを明るく照らし始める。

夜が明けようとしていた……。


「なんか……すごく恥《は》ずかしいんですけど」

夜明けの寝室《しんしつ》は、直接日の光が入ってこなくてもそれなりに明るい。

レグナと共に洞穴《ほらあな》に戻《もど》ったあと、その明るいベッドの上で、二人はすべての服を脱《ぬ》いで向かいあっていた。

考えてみればもう何度も体を重ねたというのに、裸《はだか》で抱き合うのは初めてだ。

しかも、この明るさではなにも隠《かく》せない。けれど拒否する気にはなれなかった。

「スバル……」

名前を呼び、両腕《りょううで》を軽く広げたレグナに、昴はうろうろと視線を泳がせたあと、覚悟《かくご》を決めて抱きつく。

肌《はだ》の触《ふ》れる感触《かんしょく》に、ドキドキと心臓が高鳴る。

「緊張《きんちょう》しているのか？」

「し、仕方ないじゃないですか……っ」

今までは自分の意思とは関係なく始まって、流されてしまうような行為《こうい》ばかりだった。こんな風にこれからするぞといわんばかりの状況《じょうきょう》は初めてなのだ。

「……やさしく、してください」

「ああ、たっぷり悦《よろこ》ばせてやろう」

どうにも食い違っている気がしなくもない返答だったが、そっと重ねられた唇はどこまでもやさしい。

そのまま何度も何度も触れられて、もっと深いキスが欲しくなる。昴は自分から、誘《さそ》うように唇を開いた。

「……は…っ」

下唇を舐《な》められて、吐息《といき》がこぼれる。我慢《がまん》できずにそっと舌でレグナの舌に触れようとしたところをちゅっと吸い上げられた。

「んっ……」

少しずつ深くなっていくキスを味わいながら、背中や脇腹《わきばら》、太股《ふともも》などを手のひらが撫《な》でていく。

それだけのことで、背筋がぞくりと痺《しび》れる。

「んん……っ」

腿《もも》の内側を撫でられ、期待に呼吸が浅くなった。

直接触れて欲しくて、膝《ひざ》をずらすようにして誘うように足を開く。

「キスだけで感じたか？」

「んっ……あっ」

下から上へ、ゆっくりと撫で上げられて、びくりと腰《こし》が震える。そこはすでに固くなり始めていた。

「は、は……ぁっ」

レグナの指はそれ以上力を込めることなく、表面だけを撫でるように何度も何度も触れてくる。

そっと触れるだけの愛撫《あいぶ》がもどかしい。けれど、我慢できず押し当てるように腰を動かしても、レグナの指はするりと逃《に》げていく。

「レグナ……っ」

「どうした?」

キスの合間に名前を呼ぶと、レグナが昴の顔を覗き込んできた。

「もっとさわ…って……」

「触《さわ》っているだろう? ほら、もう濡《ぬ》れてきたぞ?」

くすりと笑ってレグナは、指で先端《せんたん》部分に触れる。

「あ……っ」

レグナの言う通り、そこはすでに先走りをこぼし始めていた。けれど、まだ全然足りない。

「もっと……強くして…っ」

「やさしくして欲しいのではなかったのか?」

楽しそうな声に、頬が熱くなる。

「い、いじわるしないで……」

焦《じ》らすのとやさしくするのは違う。このまま続けられたら、もっととんでもないことまで強《ね》請《だ》ってしまいそうな気がした。

「いじわる? そんなつもりはなかったんだがな」

「うそ、つかないでください」

分かっていてやっているくせにと軽く睨《にら》むと、レグナはにやりと笑う。

「それなら……」

「あっ」

ぐいっと膝の上に抱き上げられて、昴は慌《あわ》てて腕を伸《の》ばし、レグナの肩《かた》に抱きつく。

「ん……っ」

きゅっと大きな手で握《にぎ》り込まれて、びくりと体が揺《ゆ》れた。

「あ…ぁ……っ」

レグナが握っていたのは、昴のものだけではない。自分のよりも一回り以上大きく見えるレグナのものと一緒《いっしょ》に扱《しご》かれて、がくがくと腰が震えた。

「あ…んっ……んっ」

とろとろとこぼれた先走りが水音を立てる。

恥ずかしくて、なのに気持ちがよくて、自分から擦《こす》りつけるみたいに体を揺らしてしまう。

「我慢せず、出してもいいぞ？」

「ひっ……あぅっ」

乳首《ちくび》をぐりぐりと親指で押し込むように刺激《しげき》されて、昴は指から逃《のが》れるように背中を丸める。

けれどそうしたことで、レグナの手でいいように弄《いじ》られている自分のものを直視してしまう。

手の動きは変わらないのに、その視覚的な刺激に昴は自分でもあっけないと思うほどあっさりと絶頂に達してしまった。

「んっ」

頬にぴしゃりとかかったものに、咄嗟《とっさ》に目を閉じる。一瞬《いっしゅん》なにが起こったのか分からなかったのだが……。

「――これは、思った以上にくるものがあるな……」

「あ……」

いやらしい顔で笑ったレグナを見て、カッと頬が熱くなる。

慌てて手の甲《こう》で拭《ぬぐ》おうとしたが、それより早くレグナの手のひらが頬に触れ、べっとりと付いた残滓《ざんし》を拭った。

恥ずかしくて、たまらない。少し泣きそうだった。その濡れた手で、尻《しり》の狭間《はざま》を探《さぐ》られてゆっくりと指を押しつけられる。

「痛むか？」

「平気、です」

先ほど無理矢理されたそこは少しじんじんしたけれど、刺《さ》すような痛みはもうない。

「悪かった」

「……もうあんな風に無理矢理しないって、約束してくれるなら、いいです」

怖《こわ》かったし悲しかったけれど、許せないとは思わなかった。

「二度としない。約束する」

「はい……」

頷《うなず》くと、レグナは安心したように笑ってキスをしてきた。

すぐに離《はな》れた唇《くちびる》を追いかけるように、自分からもキスする。

そうしてじゃれるようにキスを繰《く》り返しながら、ゆっくりと指で中を開かれた。

「ん、あ…っ」

指で前立腺《ぜんりつせん》を押されて、声がこぼれる。

「レグナ…っ」

レグナの首に抱《だ》きついている腕《うで》に力を込めると、体がさらに密着し、先ほどまで一緒に扱かれていたレグナのものが下腹に触れた。ひくんと腹筋が波打つ。

「あ……っ」

中を弄られて体を揺らすたび、レグナの熱を感じてたまらなくなる。

早くこれで、もっと奥まで全部埋《う》めて欲しい。

だから、レグナの指が出ていったときにはほっとした。

「腰を上げられるか？」

レグナの言葉に頷いて、震《ふる》える膝と、レグナの肩にまわしていた腕に力を込める。

「そのまま今度はゆっくり腰を下ろせ」

熱い切っ先が、指で広げられた場所に触《ふ》れた。

ひくりと、そこが先端を食《は》むように開閉する。

「んっ……」

レグナの肩に縋《すが》るように抱きついたまま、ゆっくりと腰を落としていく。

ゆっくりと開かれていくのが分かった。緊張《きんちょう》のせいか、少しキツい。けれど、先端部分が入ったと思った途端《とたん》……。

「ひぁあ……っ！」

肩に置いていた手が汗《あせ》で滑《すべ》った。

がくがくと震えていた膝は少しも踏《ふ》ん張りが利《き》かず、昴は自重のせいで深い場所まで一気に貫《つらぬ》かれてしまう。

「あ、あ…っ」

「っ……全部入ったな」

褒《ほ》めるようにキスされて、昴はようやくほっと息を吐《つ》いた。

けれど。

「あっ、ああっ、ああ……っ」

すぐに下からゆっくりとした突《つ》き上げが始まって、深い場所をかき混ぜられる。

「……っ」

気持ちよさにぎゅっと中を締《し》め付けると、快感はより深まっていく。恥《は》ずかしいと思うのに声が止まらなかった。

「あ……あっ、あんっ」

体勢のせいか、いつもよりもさらに深いところまで開かれている気がする。

最奥《さいおう》を突かれるたびに、いつの間にか再び固くなっていたものからとろとろと先走りがこぼれた。

「あぁ……ぁっ」

「スバル……っ」

情欲に濡れた声で名前を呼ばれて、それが最後の一押しになった。

昴は、蕩《とろ》けそうな快感と熱を感じながら、絶頂へと達する。

「……あ…」

そのまま、自分の中でレグナがイッたのが分かって、ぽろりと涙《なみだ》がこぼれた。

ようやく自分と……ルカではなくて、昴としての自分とレグナが、結ばれたという気がして……。

「レグナ……好き…」

昴の言葉に、レグナは驚《おどろ》いたように目を瞠《みは》り、それから嬉《うれ》しくてたまらないというように微笑《ほほえ》む。

「俺も、スバルが好きだ」

「うん……」

頷いて、昴はそっとレグナの唇にキスをした……。

○

――今日はスーパームーンなんですよ。お月様がいつもより大きく見えるんです。ぜひ、夜にはお月見を楽しんでみてはいかがでしょうか？

空にぽっかりと浮《う》かんだ大きな満月を見上げつつ、昴はあの日テレビから流れてきたニュースを思い出していた。

今夜は待ちに待った満月だ。

昴とレグナは、いよいよ番《つがい》になる儀式《ぎしき》を行うことになっていた。

人が龍《りゅう》に輿入《こしい》れすることは遥《はる》か昔には例があったらしい。きちんと儀式に則《のっと》って番になれば、昴はレグナと同じ時間を生きられるようになるという。

人間のままでは長くともあと六十年ほどで、またレグナを一人にしてしまう。

けれど、儀式後はレグナと同じ速さで年をとることができるようになる。体の造り自体も人間とは変わり、怪我《けが》や病気などにも強い耐性《たいせい》がつくらしい。

以前フィールが、ルカが番になっていればよかったというようなことを言っていたが、あれは番になったあとならば、事故で死ぬようなことはなかったという意味だったようだ。

「スバル、始めるぞ」

「はい」

レグナの声に頷いて、昴はレグナのもとに歩み寄る。

美しい織物の上に、盃《さかずき》と象牙《ぞうげ》色のナイフが置かれている。それは龍の体を傷つけるために、龍の骨を使って特別に作られたものらしい。

昴が向かいに座ると、レグナは盃を手に取った。昴は恭《うやうや》しく盃を受け取る。

その中には透明《とうめい》な酒が注がれており、覗《のぞ》き込むと天上の月が映り込んでいた。

レグナがナイフを手に取り、尖《とが》った先端《せんたん》で指先を軽く突く。昴は痛みを想像して思わず身を竦《すく》めたがレグナは眉《まゆ》一つ動かさず、指に浮かんだ血をぽとりと盃に落とした。

「……スバル、お前を俺の番に迎《むか》える」

「……はい。お受けいたします」

真っ直《す》ぐに見つめるレグナの目を見つめて、スバルは震える声でそう言った。嬉しいのに、なぜだか泣きそうになる。

レグナがそんな昴を愛《いと》しくて仕方がないというような目で見つめ、微笑む。

昴はもう一度、盃の中の満月をじっと見つめた。ゆっくりと盃に口をつけ、そのまま飲み干してしまう。

「あ……っ」

酒が喉《のど》を通った途端、酒の熱さだけではない熱を感じて、昴はぎゅっと胸元《むなもと》を握《にぎ》り締める。

けれど、一瞬《いっしゅん》の燃えるような熱はすぐに引いた。

「これで、終わりですか？」

「ああ。これでもう、俺とお前は番となった。ここを見てみろ」

とん、と服の上から胸の真ん中あたりを突かれて、昴はそっと襟《えり》を開いてみる。

「あっ」

ちょうど心臓の上辺りだ。そこには滴《しずく》の中に二重の円を描《えが》いたような痣《あざ》が浮かびあがっていた。

「龍の番になった証《あかし》だ」

「……はい」

じっと見つめていたら、またじわりと涙が浮かんでくる。

「……人の身が恋《こい》しいか？」

「ち、違《ちが》います」

レグナの言葉に、昴は驚いて頭《かぶり》を振《ふ》る。

「嬉しくて……これでもう、ずっと一緒《いっしょ》にいられるんだなって思ったら」

「ああ。もう、二度と離《はな》れることはない」

レグナはそう言うと、そっと昴を抱《だ》き寄せた。

――ここが、この腕《うで》の中が俺の居場所。

温かいレグナの腕の中で、昴は目を閉じて、そっと微笑んだ。

前世は龍のツガイだったようです。　～後日談～

レグナと番になってから、二ヶ月ほどが経《た》ったときのことだ。

昴はフィールに手伝って貰《もら》いつつ、昼食の支度《したく》をしていた。

ちなみに、二人きりで閉じこもるように暮らした洞穴《ほらあな》を出て、昴はレグナと共に神殿《しんでん》へと居を移している。そのほうがレグナの仕事がしやすいし、番になり、イサラも昴を諦《あきら》めた今、隠《かく》れて住まう理由もない。

レグナは今、その神殿を訪《おとず》れた人間の王の相手をしている。王が貢《みつ》ぎ物として持ってきてくれた食材のおかげで、昼食のおかずが一品増えた。

王は一体龍がどれだけ物を食べると思っているのか知らないが、いつも過剰《かじょう》な量の食材を供えてくれるので、生鮮《せいせん》食品系の消費は少し大変だ。冷蔵庫があればなぁと思うのはこんなときだ。一応ある程度低温になる室《むろ》はあるのだが、それでもそう持つわけではない。

「よし、こんなもんかな」

昴は大体の用意が済むと、あとはレグナが戻《もど》ってから温め直そうと、竈《かまど》の火を落とした。

通常ならば種火を残しておいたほうが面倒《めんどう》がないのだが、そのあたりは精霊《せいれい》に頼《たの》めばぱっとつけてくれるので問題ない。

精霊の分布は気候や地理に左右されるらしく、ここら辺では風や水の精霊が多いのだが、火の精霊もちゃんといて、生活を助けてくれていた。

その精霊の代表ともいうべき存在は、もちろんフィールである。フィールだけがレグナと直接の契約《けいやく》を結んだ眷属《けんぞく》なのだと聞いていた。

「フィール」

「なんですか？」

「レグナのほう、まだかかりそう？」

「少々お待ちください」

そう言うと、フィールはその背中の羽をきらめかせつつ、部屋を出て行く。そして、すぐに戻ってきた。

「まだお話の途中《とちゆう》のようです」

「そっか。じゃあ、洗濯物《せんたくもの》入れてこようかな」

フィールの仲間である風の精霊シルフたちのおかげで、洗濯物はすぐに乾《かわ》く。それでもしばらく干してあるのは、日光に当ててるためだった。

「フィールはここにいてくれる？　レグナが戻ったら呼びに来てくれると嬉《うれ》しい」

「かしこまりました」

昴はフィールによろしくと微笑《ほほえ》んで、中庭へと向かう。

回廊《かいろう》は静かだった。当然だろう。ここに暮らしているのは精霊たち以外では、レグナと昴だけなのだから。

こんな立派な神殿の中で、ごく普通《ふつう》の生活を送っていることがなんだか少しおかしい気がして、クスリと笑う。

番《つがい》になって、神殿に戻ってきて、生活のいろんなところを精霊が助けてくれるようになっても、昴とレグナはまるで人間のように自分たちで家事をして暮らしている。

それは昴がそう望んだからだ。何もしないでただ怠惰《たいだ》に過ごすなんて自分向きではなかったし、レグナが用意してくれる食事は何より嬉しい。ならば自分だってレグナに料理を振る舞《ま》いたかった。今は前世であるルカのレパートリーだけでなく、日本で暮らした中で覚えたものもある。そういったものを作るのも、レグナがおいしいと言ってくれるから楽しい。

龍《りゅう》の番になったことで、人間としての理《ことわり》から外れた昴は、食べ物を食べずとも生きることに支障はないが、だからといって食べなくてもいいという思考にはならなかった。

やはり、食は楽しみの一つだし、コミュニケーションツールとしても優秀《ゆうしゅう》だ。

まぁ、たった二ヶ月程度では、人でなくなったと言われても実感がないということもあるが……。

中庭に着くと、植えられた木と木の間に通されたロープに、洗濯物が揺《ゆ》れているのが見える。

二人分の衣類と、シーツ。どこか牧歌的というか、いかにものどかな光景だ。

「平和だよなぁ……」

思わず呟《つぶや》いて目を細める。

今でもときどき、自分がここでこうしてくらしていることが不思議になる。日本のことを懐《なつ》かしく思い出す日もあった。

けれど、向こうへ戻りたいとは思わない。

昴にとってはもう、ここがかけがえのない自分の居場所だった。

「まぁ……少し不便なとこもあるけど」

呟きつつ、外履《ば》き用のサンダルをつっかけて洗濯物に近付く。

そうして、しっかり乾いているのを確かめてから、シーツをロープから外した、そのときだった。

何か重い物がぶつかるような音とともに、地面に軽く震動《しんどう》が走って、昴はぎょっとして目を瞠《みは》る。

「えっ、地震⁉」

日本ではほとんど日常茶飯事《さはんじ》だったが、こちらでは初めてだ。

驚《おどろ》きつつも、少々身構えたのだが、その後の震動はない。

「……収まった、のかな？」

大したものではなかったらしいと思って、胸《むね》を撫《な》で下ろす。もしも大規模な地震などが起これば、石造りであるこの神殿は酷《ひど》い打撃《だげき》をうけるところだっただろう。

そんなことを思いつつ手にしたシーツを畳《たた》もうとして、昴はパチリと瞬《またた》く。

「あれ？」

庭の隅《すみ》に、何かが落ちている。いつもなら、ただ平らな地面があるだけのはずの場所に……。

そう思ってから、昴はハッとして駆《か》け出した。手にはシーツを持ったままである。

そこにあった——いや、いたのは、一人の子どもだった。

「だ、大丈夫《だいじょうぶ》!?」

十歳前後だろうか。やや濃《こ》い色の肌《はだ》に、黒い髪《かみ》、瞳《ひとみ》は瞼《まぶた》が閉じられていて何色かは分からない。ただ、肌の色からしてこの辺りの人間ではないだろう。

一体どうしてここにと思いつつ、軽く肩《かた》を叩《たた》いてみるが、意識を失っているのか動かない。

だが、息はしているし、心臓も動いているようだ。深い傷などもなさそうだが、細かい傷や火傷《やけど》があちこちにあった。服も何ヵ所か破けたり、焼け焦《こ》げたりしたあとがある。

「救急車……は、ないし」

どうしよう。中に運び入れたいが、動かしてしまって大丈夫なのだろうか？　頭を打っている可能性があるなら、動かさないほうがいいのでは？　この世界の医療《いりょう》はどの辺りまで進んでいるのだろう？　パニックのあまりそんなことをぐるぐる考えていると……。

「う……」

子どもの口から小さなうめき声が聞こえて、慌《あわ》てて顔を覗《のぞ》き込む。うっすらと瞼が開き、焦《しょう》点《てん》の合わない黒い瞳が覗いた。

「大丈夫か⁉」

慌ててそう声をかけると、その目が一瞬《いっしゅん》こちらを見る。けれど、すぐにまた閉じられてしまった。

「お、おい！」

慌ててもう一度肩に触《ふ》れようとしたときだった。

「スバル！」

レグナの声に、昴は振《ふ》り返る。

王との話が終わって呼びに来てくれたのだろうか？　しかし、それにしては珍《めずら》しく焦《あせ》ったような顔をしていた。

「レグナ、ちょっと来てください！」

昴はほっとしつつ、レグナを呼ぶ。

「こいつは……」

駆け寄ってきたレグナは、昴の足下《あしもと》に横たわっている子どもを見て、険しい表情になる。

「気づいたときにはここに倒《たお》れてて……」

「――大方、火龍の縄張《なわば》りにでも入り込んだんだろう。あいつらは血の気が多い」

「え？」

事情を知っているかのようなレグナの言葉に、昴は首を傾《かし》げた。

「それって、どういう……」

「気づかなかったか？　こいつも龍だ。この色ならばおそらく地龍だろうな」

この小さい子が、龍。

パチリと瞬き、昴は少年を見つめ、もう一度レグナを見上げ、もう一度少年を見て……。

「え……えー!?」

思わず驚きの声を上げた。


「驚いた……」

木の根元で眠《ねむ》っている少年を見つめながら、昴は小さく呟く。

あのあとレグナに聞いたところによると、この子は地龍の子どもで、本来ならばまだ独り立ちする前の年齢《ねんれい》らしい。

どういった事情かは本人に訊《き》かなければ分からないが、怪我《けが》や服の様子からすると、火龍の縄張りに迷い込み、撃退《げきたい》されてここまで飛んできたのだろう、ということだった。

地震だと思ったのは、この子が落ちてきたときの震動だったらしい。レグナは敷地《しきち》内に別の龍が入り込んできたことに気づき、まだ話の途中《とちゅう》だったにも拘《かか》わらず、慌てて駆けつけてくれたのだった。

そして、地龍ならば大地に直接寝《ね》かしておいたほうが、回復が早いと言われたため、日陰《ひかげ》まで運んでこうして見守っている。

レグナは放っておけと言って、中途半端《ちゅうとはんぱ》なところで切り上げた人の王との話し合いの続きをしに行ってしまったが、さすがに心配で一人にはしておけなかった。

「目覚めませんね」

「うん……」

フィールの言葉に、昴は頷《うなず》く。

「地龍かぁ」

呟いて、少年の、少し癖《くせ》のある黒髪をそっと撫でる。

昴はレグナとイサラ以外の龍を見たことがなかった。二人は肌も白く、髪も明るい色をしている。だから、龍というのはそういうものなのだと思っていた。

そもそも龍という存在に見《まみ》えること自体が、人間には珍しいのだ。特に、人の形をしているのを見ることは……。

それに、昴にとって龍は龍であり、種類があるというのも知らなかった。龍の番になったというのに、自分は随分《ずいぶん》と龍《りゅう》に関して無知だと思う。

「ルカのときの知識で全部だと思ってたとこ、あるもんな」

「なにがです？」

「龍に関する知識のこと。俺、なんとなくは分かってる気がしてたけど、結構知らないんだなって思って」

けれどよく考えれば、ルカの生きていた時代、人はそれほど移動をしないのが普通《ふつう》だった。百年経《た》った今は街道《かいどう》の整備も進んでいるようだし、きっと事情が違《ちが》うだろうけれど、少なくともルカはレグナに出会うまで村を出たことすらなかったのである。

この世界についてや国についての知識は、気になって随分聞いたつもりだったけれど、龍についてはまだまだ知らないことがありそうだなと思う。

「レグナの縄張りの隣《となり》が、火龍の縄張りだっていうのも知らなかったし……」

イサラの縄張りが近いんだろうな、というくらいのことは思っていたけれど。

「特に知らなくても問題のないことですよ」

「うーん、そうかもしれないけどさ」

――やっと周りのことが、ちゃんと見えてきたってことかもしれない。

情けない話だけれど、ずっと自分のことで、いっぱいいっぱいだったから。

まぁこれからは、龍のことを知ることは、ある意味自分のことを知ることでもあるわけだし、知らないことがあるならば教えてもらおう、と思う。

「レグナって、必要なことと訊《き》かれたことしか言わないとこ、あるもんな」

「それはあるかもしれませんね」

「……ん……」

話し声が耳に入ったのだろうか、少年がわずかに身じろぐ。

起こしてしまっただろうかと、思わず息を詰《つ》めて見守る昴の前で、その双眸《そうぼう》がぱっちりと見開かれた。先ほどのぼんやりとした目ではない。意識のある、しっかりとした視線が昴へと焦点を結んだ。

少年はそのままぱちぱちと瞬きを繰《く》り返し……。

「────っ！」

「だっ」

弾《はじ》かれたように少年が起き上がり、がん、といい音を立てて少年と昴の頭がぶつかった。

「スバル様！」

「へ、平気……」

慌てたようなフィールの声に、そう答えたもののかなり痛い。

二人揃《そろ》ってしばらく額を押さえて呻《うめ》いていたが、先に復活したのは少年のほうだ。さすが龍ということだろうか。

しかし、立ち上がったところで立ちくらみを起こしたようにしゃがみ込む。

「だ、大丈夫《だいじょうぶ》？」

涙目《なみだめ》になりつつそう訊いた昴から、少年は距離《きょり》を取ろうとして尻餅《しりもち》をついた。その目はどこか怯《おび》えたように昴を見ていたが、徐々《じょじょ》に不思議そうな顔になり、やがて小さく首を傾げる。

「……お前、人間か？」

「えーと……そうなような、違うような」

思わぬ質問に、昴は返答に困って口ごもる。

すでに純粋《じゅんすい》な人間ではないけれど、だからといって龍そのものでもない。少年の目が少しうさんくさいものを見る目になった。

――どうしよう？

自分は龍の番《つがい》であると、言ってもいいのだろうか？

龍と人が番《つが》う実例はあると聞いているけれど、種族が違う上に、同性で番っていることが、レグナにとって不名誉《ふめいよ》だったり、立場を悪くしたりするものではないとも限らない。

もちろん、レグナに訊けば、そんなことはないと言ってくれるだろうけれど……。

「……ここはお前の家か？」

昴が迷っていると、少年は違う質問を口にした。

「うん、それはまぁ、そうかな」

神殿《しんでん》ではあるが、家でもある。

「きみは――あ、とりあえず名前を訊いてもいい？　俺は昴って言うんだけど」

「……………ラウルだ」

警戒《けいかい》している様子はあるけれど、龍はこの世界の最上位種だ。怖《おそ》れる必要がないからだろう、案外あっさりと教えてくれる。

「ラウルか……ラウルはどこから来たの？」

「どこ……」

昴の言葉にラウルは困惑《こんわく》したように口を閉《と》ざした。

「……分からない。おそらくここよりは北……だとは思うが」

逃《に》げるように飛んできたのならば、分からないのは無理もないのかもしれない。

――つまり迷子？

見た感じまだ十歳くらいだろうか？　もう少し下かもしれない。あまり子どもと接するような機会がなかったので、よく分からなかった。

少し上がり気味の目尻《めじり》は気が強そうで、くりくりとした瞳《ひとみ》が可愛《かわい》らしい。だが、その瞳は、ほんの少しだけ不安げに揺《ゆ》れているように見えた。

「よし」

呟《つぶや》いて、昴は立ち上がる。そして座り込んだままのラウルに向かって手を伸《の》ばした。

「とりあえず、レグナに話してみよう。何か知ってるかもしれないし……」

「レグナ……？」

「ここを縄張《なわば》りにしている龍だよ」

だが、少年は驚《おどろ》いたように目を瞠《みは》り、動こうとする様子がない。一体どうしたのかと、昴は首を傾《かし》げた。

「えと、大丈夫だよ。レグナはやさしい龍だからそんなに警戒しなくても」

ひょっとして、ラウルを襲《おそ》った火龍のような存在だと思われたのだろうかと、慌《あわ》ててそう言ってみる。

そして、安心させようと微笑《ほほえ》むと、思いきってラウルを抱《だ》き上げた。

「お、お前、なにを……」

「一緒《いっしょ》に行こう？　そろそろ話も終わるだろうし」

「ば、ばか、放せ。人間のくせに不敬だぞ！」

「お言葉ですが――」

「いいよ」

それまで黙《だま》って成り行きを見守っていたフィールが、ラウルの言葉にむっとしたように声を上げたのを、笑って止める。

「失礼しました」

笑い混じりにそう言って、ラウルを立たせる。

確かに相手が龍である以上、そう言われても当然の行為《こうい》だった。見た目が可愛らしい少年だったから、ついしてしまったけれど……。

「……私はレグナ様に地龍が目覚めたとお伝えしてきます。すぐに戻《もど》りますので」

「うん、お願い」

そう言ってくれたフィールに頷《うなず》く。フィールはすぐに飛んでいった。

「……今のは精霊《せいれい》だな」

「そうですよ。風の精霊で、フィールって言うんです」

説明する昴を、ラウルがじっと見つめる。

「一体お前はなんだ？　人間のくせに龍に縁《えん》があるようでもあるし、精霊を従えている」

不思議そうに首を傾げられて、苦笑《くしょう》した。

「別に、従えてるわけじゃないんですけど」

すごく世話になっている自覚はあるけれど。

どうしようかとまた思って、結局諦《あきら》める。レグナはきっと昴のことを隠《かく》したり、ごまかしたりしないだろう。

だったら、自分が今ここで告げても同じことだ。

「俺は、龍の番です」

「番……？　龍《りゅう》でもないのにか？」

ラウルは心底驚いたというようにそう言った。やはり、龍と人が番うのはそれだけ珍《めずら》しいことなのだろう。

「確かに、龍の気は感じるが……」

じろじろと上から下まで見つめられて、苦笑しつつ、昴はラウルに向かって手を差し出した。

「とりあえず一緒に行きましょう？　そろそろレグナも戻ってくるでしょうし、食事の支度《したく》もできてますから」

ラウルは昴の手と顔を何度か交互《こうご》に見たあと、おずおずと手を伸ばし、昴の手を取った。そのことにほっとして、昴はにっこりと笑う。

「その、レグナ殿《どの》とはどういった御仁《ごじん》だ？」

「――どういった、ですかぁ……とにかくやさしいです。ラウルに危害を加えるようなことはないと思いますから、安心していいですよ」

御仁、という言葉に内心驚きつつ答える。子どもらしからぬ言葉な気がしたが、考えてみれば龍なのだから、見た目よりも歳は上なのかもしれない。

昴はラウルの手を引いて、とりあえず居間として使っている部屋に案内する。

「ここで待っていてください。すぐに戻ります」

興味津々《しんしん》といった様子で室内を見ているラウルが頷いたのを見届けて、昴は台所へと向かう。

　昼食を温め直していると、レグナが姿を現した。昴の姿を見て安心したような顔になる。

「話は終わったんですか？　今日は随分《ずいぶん》長かったですけど……」

　軽く抱き寄せられ、頬《ほお》にキスをされたのをくすぐったく思いつつ、昴は気になったことを口にした。

「ああ。待たせてすまなかったな。あの地龍はどうした？」

「居間のほうです。どうせだから一緒に食事をと思って」

　ラウルも龍である以上必要ないのだろうが、ただ向かいあって話すより場が和《なご》みそうだし、何より自分たちだけ昼食を摂《と》るというのも気まずい。

「名前はラウルって言ってました。ただ、どこから来たかは分かんないみたいで……北のほうだとは聞きましたけど」

「そうか」

　あまり興味のなさそうな様子が気になりつつ、昴は食事を盛りつけてトレイに載《の》せる。

「ラウルがどこから来たか、レグナには分かりますか？」

「地龍の縄張りか……北の山脈の辺りにもいるが」

「その龍がラウルの親ですか？」

「どうだろうな。会ったのは随分と前の話だ。その頃《ころ》は番もいなかったぞ」

　そんな話をしつつ、レグナと一緒に食事の支度を調《ととの》えた。すべて三等分したので各々《おのおの》の料理はいつもより量が少ないが、一品増えていたおかげで、全体としては足りないということもないだろうという程度になってほっとする。

「俺が持とう」

「ありがとうございます」

トレイを持ってくれたレグナに礼を言って、一緒に居間に戻る。ラウルは長椅子《ながいす》に座っていたが、レグナの登場に立ち上がった。

「貴殿《きでん》がレグナ殿ですか？」

先ほどまでとは違《ちが》った口調に、昴は驚いてパチリと瞬《またた》く。随分としっかりとして、礼節をわきまえた様子だ。人である昴に対するのと、龍であるレグナに対するのとでは違うということだろう。

「そうだ」

レグナは特に思うところもなさそうに頷いた。

「私は地龍バハルの子、ラウル。父の命でこちらに参りました」

「バハル……なるほど」

レグナはその名前に聞き覚えがあったらしく、驚いた様子はない。

けれど、昴のほうはかなりびっくりしていた。てっきりラウルがここに来たのは偶然《ぐうぜん》だとばかり思っていたけれど、そうではなかったらしい。

考えてみれば、ラウルは昴がレグナの名前を口にしたときかなり驚いている様子だった。もともとここに来る予定だったけれど、たどり着けたのは偶然だったということだろうか。

「バハルさんという方は、お知り合いなんですか？」

テーブルに皿を並べつつ訊《き》いた昴に、レグナがこくりと頷く。

「さっき話した、北の山脈の地龍だ。麓《ふもと》にある人間の国の王とずっと懇意《こんい》にしている、人間好きの龍だな」

地理に詳《くわ》しくない昴には、それがなんという国かまでは分からないが、龍の加護を長く得ているというのならそれなりの国なのだろうなと思う。

「それで？　そのバハルの息子《むすこ》がなんの用だ？」

「これは、父からの手紙です」

手紙を受け取ったレグナは、長椅子に座ると早速《さっそく》封筒《ふうとう》を開け、中の便箋《びんせん》を取り出した。封筒にも便箋にも、同じ意匠《いしょう》が入っている。

「あの、ラウルもよかったらとりあえず座ってください」

声をかけつつ昴もレグナの隣《となり》に座る。ラウルはレグナの反応が気になるのか、ちらりとそちらを見たけれど、一人で立っているのもおかしいと思ったのだろう、素直《すなお》に椅子にかけた。

「――――なるほど」

ざっと目を通したレグナはそう言うと、苦虫《にがむし》を噛《か》み潰《つぶ》したような顔になる。なんだろう、よほど気にくわないことが書かれていたのだろうか？

「随分と急な話だ」

レグナはそう言いながら、手紙を昴に渡《わた》してくる。昴が目顔で、自分が見てもいいのかと尋《たず》ねると、レグナは当然という顔で頷いた。

よほど急いで書かれたものなのだろう。少し乱れた文字で、レグナの近況《きんきょう》を尋ねるのもそこそこに、用件に入っている。

実のところ、ルカがその育ちと時代ゆえに文字を解さなかったこともあり、まだ読み書きに関しては不安なところもあるのだが、大体の内容は分かった。

子どもが生まれること、そしてその間ラウルを預かって欲しいこと、体調の急変があり事前の連絡《れんらく》ができなかった詫《わ》び、本来預け先として考えていた者には頼《たの》めなかったことなど。

期間は長くとも二十日程度だとあった。

子どもが生まれるからと、子を預ける理由がよく分からないが、きっと龍の生態に因《よ》るものなのだろう。あとでレグナに訊いてみようかな、と思う。

「二十日か……。寝室《しんしつ》を用意しないといけませんね」

「……いいのか？」

「？　なにがですか？」

レグナの言葉に、昴は首を傾《かし》げる。

「いや、お前がいいならいい。来てしまったものは仕方ないしな」

レグナは苦笑《くしょう》してそう言うと、ため息をこぼした。

どことなく素《そ》っ気ない言葉だ。どうやら、レグナはあまりこの件を歓迎《かんげい》していないらしい。

ラウルもそれは感じているのだろう、どことなく気まずそうに見える。

「ええと……とりあえず、ご飯食べませんか？」

ぎこちなくなってしまった空気をなんとかしようと、昴はそう口にした。

「それもそうだ」

レグナは、そう言うとあっさり頷《うなず》いてスプーンを手に取る。いつもと変わらない様子に、昴はほっとする。

「ラウルもどんどん食べてくださいね」

昴の言葉にラウルは何か言いたげに口を開いたけれど、結局何も言わずにこくりと頷いた。


「面倒《めんどう》なことになったものだな」

夜、寝室に二人きりになると、レグナはどこか困ったような顔でそう言ってため息をついた。

「ひょっとして、子どもは苦手ですか？」

ローテーブルに置いたカップを手に取り、温かいお茶に口をつける。

「そういうわけじゃないが……せっかくスバルと二人きりで暮らしているのに」

言いながら肩《かた》を抱き寄せられて、クスリと笑う。

「たまにはいいじゃないですか。これからもずっと二人で暮らしていくんですから」

「……スバルは俺の機嫌《きげん》をとるのが上手《うま》い」

こめかみにキスされて首を竦《すく》めながら、カップに口をつけた。

ラウルはもう休んでいる。

ここに来るまでによほど疲《つか》れたのだろう、昼食のあとも、うつらうつらしていて、そのまま長椅子で休ませた。夕食はなんとか食べたが、そのあと風呂《ふろ》の支度《したく》ができたと声をかけに行くと、すでにベッドに横たわって寝息《ねいき》を立てていたのである。

おそらく、ここに来るまでの疲労《ひろう》だけでなく、緊張《きんちょう》によるものもあっただろう。

レグナの前では、随分とかしこまっていたし……。

ちなみに、レグナと相談しながら準備をした寝室は、居間の左隣だ。居間の右隣はこの寝室だから、そう離《はな》れた場所ではない。

「そういえば、不思議だったんですけど、龍《りゅう》は出産のときに子どもを預けるのが普通《ふつう》なんですか？」

「ああ、そうか。人にはない習慣なのか」

レグナはそう言うと、簡単に説明してくれる。

龍の女は、卵を産んでからふ化するまでの間は、夫以外の個体が縄張《なわば》りに入るのを嫌《きら》うのだという。それは実の子であっても同じらしい。また、夫もふ化までは巣穴から離れないのが普通なのだとか。

通常ならば産卵《さんらん》前に夫が預け先に子どもを連れて行くのだが、急変ということで間に合わなかったのだろうということだった。

「なるほど、そういうことですか」

ならば今回のことは、ラウルにとってもかなりの試練だっただろう。

無事にたどり着けて本当によかった、と思う。

「ラウルのご両親と、レグナはどういう関係なんですか？」

「両親というか、知り合いなのは父親のほうだな。母親のほうには多分会ったことがない。番《つがい》を持ったことも知らなかった」

そう言われて昼間、北の山脈の龍には番がいなかったと言っていたことを思い出した。

「そういうのって報告しないものなんですか？」

もちろん、知り合い程度なら結婚《けっこん》の報告をしないのは人間でも普通のことかもしれないが、そんな相手に子どもを預けるだろうか？

「龍は群れも作らないし、あまり他《ほか》の個体とは関《かか》わらないのが普通だからな。番を得るものは、もっと早い段階で番を見つけることが多いし……バハルのことは正直意外だ」

そういうものかと曖昧《あいまい》に頷く。

「でも、バハルさんとは親しいほうなんですよね？」

「バハルとはそうだな、親しくないとは言わないが……一言で言えば、借りのある相手だ」

「借り？」

それは意外な答えだった。けれど、それならばレグナが面倒だと言いつつ、ラウルを置くことに決めたのも分かる。一体どんな借りなのだろうかと、昴は首を傾げた。

「バハルは昔から人の王に力を貸しているから、人については俺よりもずっと詳しい。……ルカを失った俺に、人の持つ魔術《まじゅつ》ならば、細い糸で繋《つな》がっているルカの魂《たましい》を手繰《たぐ》り寄せるような複雑な魔術も可能になるかもしれない、と教えてくれたのはバハルだ」

レグナの言葉に、昴は驚《おどろ》いて目を瞠《みは》る。

「そう、だったんですか……」

借りの内容が、まさかそれだとは思わなかった。

確かに、ルカが生きていた時代、レグナはまだルカ以外の人間とは関わりを持たない龍だったから、バハルからの助言は大きかっただろう。

「なら、俺にとっては恩人ってことですね」

いや、人ではないから恩龍だろうか？　おかしいか。

ともかくレグナがそのときの借り……いや、恩を返すというならば、自分だってしっかり協力しなければと思う。

今こうして、レグナといられる幸福の、一端《いったん》を担《にな》ってくれた相手なのだから。

そんな昴の気持ちが分かったのだろう、レグナが少しだけ嬉《うれ》しそうな顔になる。

「恩だと、思ってくれるんだな」

「――当たり前じゃないですか」

笑って、レグナに身を寄せるように寄りかかる。

「子どもの面倒とか、見たことないからうまくできるか分かんないですけど……がんばりますね」

「……そんなに張り切らなくてもいいと思うがな」

レグナはそう言って小さくため息をこぼし、昴に覆《おお》い被《かぶ》さるようにしてキスをしてくる。

しかし、何度か唇《くちびる》を重ねたものの、そのまま押し倒《たお》されそうになって、慌《あわ》てて肩を押し返した。

「どうした？」

「どうした？　じゃありませんよ。ラウルがいるんですよ？　こういうのはナシです」

なんといってもここは防音がザルなのである。今までは二人で暮らしていたし、周囲に民家があるわけでもないから気にする必要もなかったが、客がいるとなれば話は別だ。

「まさか、ラウルが帰るまでずっとか？」

「当たり前じゃないですか」

信じられないことを聞いたと言わんばかりの表情で訊《き》いてきたレグナに、昴はこっくりと頷く。

「――……やはり追い返すか」

「何言ってるんですか、だめですよ」

思わず笑ってしまったが、ふと見ればレグナはあくまでも真面目《まじめ》な顔をしている。ひょっとして、冗談《じょうだん》ではなかったのだろうか？

本気ならばもっとだめだけれど。

「……だめですからね？」

そう念を押すと、レグナは初めて聞くような、大きなため息をこぼした。

「一刻も早く卵がふ化することを祈《いの》るほかないな……」

「そうですね。ラウルのためにも、早く帰してあげたいです」

あんなに小さいのに、親元を離れ、怖《こわ》い思いをして一度も面識のない相手の家にやってきて、そこで生活しなければならないなんて、相当なストレスだろう。

「ここにいる間も、少しでも居心地《いごこち》がいいようにしてあげたいですね」

「……そうか？」

「そうですよ」

どこか不満げなレグナに、昴ははっきりと頷《うなず》く。

「やさしくしてあげてくださいね」

「――努力する」

○

「出てきませんね」

「ラウルのことか？」

並んで食事の支度《したく》をしていたレグナに昴は頷き、ため息をこぼした。ぐるぐると鍋《なべ》をかき混ぜる。

疲《つか》れていて休んでいるというのならいいのだが、さすがにもう昼過ぎだ。

「人間と一緒《いっしょ》にいたくない、とか、そういうことなんでしょうか」

「それはないと思うがな。普段《ふだん》から人とは関わりがあるだろうし」

そういえば父親のバハルは人間が好きで、懇意《こんい》にしているというようなことを言っていた。

「逆に龍《りゅう》とのほうが、関わりがないくらいだろう」

「あ、そうか、そうですよね。じゃあやっぱり、仲良くできないことはないですよね……」

うーんと悩《なや》みつつ、味見をして塩を足す。

「――……随分《ずいぶん》と、気にかけているんだな」

「えっ」

レグナの声に、どことなくおもしろくなさそうな響《ひび》きを感じて、昴は顔を上げる。

レグナはこちらを見ないまま、鶏肉《とりにく》の焼け具合を確認《かくにん》していた。その顔がなんとなく拗《す》ねているような気がして、昴はパチリと瞬《またた》き、思わず笑いを零《こぼ》す。

「やきもちですか？」

「妬《や》きたくもなる」

あっさり認められて、逆に頬《ほお》が火照《ほて》った。こういう真っ直《す》ぐなところは嫌《きら》いではないけれどやっぱり少し恥《は》ずかしい。

けれど……気にかけている、か。

レグナに言われて、確かに自分でも少し意外なくらい、ラウルに関《かか》わろうとしているなとあらためて自覚した。

どうしてだろうかと考えた昴の脳裡《のうり》に、最初に怪我《けが》をして倒れていたラウルの姿が浮《う》かぶ。

――ああ、そうか。

「多分、俺、ラウルに昔のレグナを重ねているんだと思います」

「昔の……？」

「ルカが初めて会ったときの、レグナです」

初めて会ったとき、レグナは怪我をしていた。それを手当てしたことが、ルカとレグナの出会いだったのだ。

ラウルの怪我は大したことはなかったようだけれど、あの尊大な感じや、人を警戒《けいかい》している感じは覚えがあった。

「俺には記憶《きおく》があるだけですけど、ちょっと似てるなぁって」

「そうか……確かにそんなこともあったな」

レグナが穏《おだ》やかな顔で言うのに、昴は頷く。

正直、番《つがい》になっても最初のうちは、ルカだった頃《ころ》の話題は避《さ》けているところがあったが、最近ではこうして話題に出しても気にならなくなっていた。

レグナが自分に向けてくれる愛情が、疑うのがばからしくなるほど真っ直ぐだからだろう。気づくと自分の中でも自然に、ルカとしての二十年も自分としての二十年も、一続きの人生のように思えるようになっていた。

「――俺はラウルにはここにいる間も、ちゃんと居場所を与《あた》えてあげたいんです。それで、少しでも、楽しく過ごして欲しいって……」

居場所がないという淋《さび》しさを、昴はよく知っている。

同情するなんて、烏滸《おこ》がましいだろうか？　けれど、相手はあんなに小さな子どもなのだ。ほんの二十日間でも、沈《しず》んだままでいさせたくない。

昴の言葉に、レグナは仕方がないというようにため息をついた。

「スバルがそこまで言うなら、好きなようにやってみるといい」

「ありがとうございます」

本当のことを言えない申し訳なさを押し殺して、昴は微笑《ほほえ》む。

「だが、何か問題があれば必ず俺に言え。それから、無茶はしないこと、俺の縄張《なわば》りを出るようなことだけは絶対にしないと約束してくれ」

「はい、約束します」

昴はそう言うと、大きく頷いた。

「じゃあ、早速《さっそく》行ってきます！」

「うん？」

「せっかくなので、ラウルにお昼は外で食べないかって誘《さそ》ってみますね」

実は朝から少し考えていたのだ。せっかくのいい天気なのだし、部屋から出すいい口実になるのではないか、と……。

首を傾《かし》げているレグナに答えつつ、スープをカップに注ぎ、すでに炊《た》けていたピラフを食べやすいようにおにぎりにしていく。

「ならば、俺も――」

「いえ、俺だけで行ってみます。レグナといると緊張《きんちょう》するみたいですから」

「……そうか」

握《にぎ》ったおにぎりを皿に並べ、サラダとフルーツの皿もトレイに載《の》せる。

「頑張《がんば》ってみますね！」

そう言うと、昴はトレイを手に、振《ふ》り返ることもなく台所を出て、ラウルの部屋へと向かった。

トレイを片手で支えてドアをノックする。

「はい、どうぞ」

中からはっきりした声で返事があった。そっとドアを開ける。

「おはようございます」

「……おはようございます」

椅子《いす》に腰掛《こしか》けていたラウルは、昴を見てどこか緊張した様子で言う。

おまけに敬語だ。昨日とはまるで違《ちが》う態度に、一体どうしたのかと、昴は首を傾げた。

「なにかありましたか？」

「いえ。そちらは？」

ちらりとトレイを見たラウルに、昴はとりあえず話を進めようと思い直す。

「昼食をご一緒にと思って、誘いに来たんです」

「昼食？」

「はい、出てこられそうですか？　まだ眠《ねむ》いというなら寝《ね》ていても構いませんが」

これが人間の子どもだったらこうはいかないが、龍である以上本来食事はしなくてもいいのだから、疲れているのに無理に引っ張り出すのは逆によくないだろう。

もっとも起きてはいたようだから、どうしてもいやならばと逃《に》げ道を残した程度の気持ちだった。

「――分かりました。ご一緒します」

逡巡《しゅんじゅん》するような沈黙《ちんもく》のあと、ラウルは頷《うなず》いた。それに昴は内心ほっと胸を撫《な》で下ろす。

「あの、どちらへ……」

「天気がいいので外でと思って。裏庭に四阿《あずまや》がありますから」

「そうですか」

ラウルが頷いてくれたことが嬉《うれ》しくて、そのまま裏庭まで向かう。

四阿のテーブルにトレイを置くと、ラウルは不思議そうに首を傾げる。

「レグナ殿《どの》は一緒じゃないのですか？」

どうやら、トレイに載っていた食事が二人分であることに気づいたようだ。

「ええ。レグナは別です。いやですか？」

「そういうわけじゃないですが……」

ラウルはそう言うと、少し思い詰《つ》めたような表情でじっと昴を見つめた。

「……レグナ殿は……その、私にお怒《いか》りなのでは……」

「レグナが？　いいえ、全然。ラウルと仲良くしたいと言ったら快く送り出してくれましたよ」

昨夜は追い返すとかなんとか言っていたけれど、あれは別に怒《おこ》っていたわけではないだろうし、実行に移す気もないだろう。そのはずだ。

「私のしたことを、報告しなかったんですか？」

「報告？　……どういうことです？」

ますます分からない。一体何を報告するというのだろう。迷いつつ、話が長くなる可能性も考慮《こうりょ》して、昴はベンチに座り、ラウルにも座るように勧める。

しかし、ラウルは座ろうとしなかった。

「……あなたに対して、礼を失した態度をとったことに決まっています」

立ったまま言いづらそうに俯《うつむ》いて、小さな声で言う。

その言葉に、昴はしばらく意味が分からずに黙《だま》り込んでしまった。

あなた、というのはこの場合、自分のことだろう。ここにはラウルと自分の二人しかいないのだから。けれど、礼を失した態度というのはなんのことだろう？

「レグナ殿の番であるあなたに、不敬だなどと……とんでもない失言でした」

「……あっ」

そこまで言われてようやく思い出した。

昨日の中庭でのことを言っているらしい。なるほど、あの場では番と言われても実感が湧《わ》かなかったが、その後のレグナと昴の様子を見て、まずいことをしてしまったのではないかと思ったのだろう。

「そんなの気にしないでください。俺も気にしてないですし」

「ですが……」

そう言ってようやくこちらを見たラウルの顔は、褐色《かっしょく》であるにも拘《かか》わらずどこか青ざめて見えた。それがどうにも可哀想《かわいそう》で、昴はどうしようかと頭を悩《なや》ませる。どう言えば、本当に気にしていないのだと分かってもらえるのか……。

「――レグナは、ラウルのご両親が結婚《けっこん》なさったことを知らなかったと言っていました」

考えつつそう言った昴の言葉に、ラウルは少し不思議そうな顔をする。一体何を言いだしたのかと思っているのだろう。

けれど、昴は構わずに続ける。

「それってきっと、ご両親も同じですよね？　レグナに番が……しかも人間の番がいるなんて、知らなかったんじゃないですか？」

「それは……そうです」

ラウルがこくりと頷く。昴は安心させるように微笑んだ。

「だったら余計仕方ないですよ。人間に番だなんて言われても、普通《ふつう》信じられないと思うし。だから、気にしないでください」

「……怒っていないんですか？」

「いません」

はっきりと言い切ってみせたが、ラウルはそれでもどうしていいか分からないというように視線を逸《そ》らす。

なんだかこれでは、自分が子どもを虐《いじ》めているみたいだなぁと思う。

「……じゃあ、こうしましょう」

立ったままのラウルの顔を覗《のぞ》き込むように、昴は首を傾げる。

「俺はラウルに敬語使うのやめる。だから、ラウルも昨日みたいに普通に喋《しゃべ》って欲しい。対等だと思ってくれたなら、それでいいだろ？」

そう言って、じっとラウルを見つめる。

ラウルは戸惑《とまど》うように瞳《ひとみ》を揺《ゆ》らしたが、やがてこくんと頷いた。そのしぐさがなんとも言えず可愛《かわい》くて、昴は思わず顔を綻《ほころ》ばせた。

「よかった。よろしく、ラウル」

「うん。よろしく……えっと…す、スバル」

手を差し出すと、一回り小さな手がぎゅっと握りかえしてくれる。それがまた不思議なほど嬉しくて、昴は満面の笑《え》みを浮《う》かべた。

ラウルが驚《おどろ》いたように息を呑《の》む。

「どうかした？」

「な、なんでもないっ」

ラウルはぶんぶんと首を振ると、さっと手を離《はな》した。

「さ、食べよう食べよう。いただきまーす」

そう言っておにぎりにしたピラフに手を伸《の》ばす。ちょっとべたべたするのは仕方がない。こういうときに海苔《のり》があればと思うけれど、このあたりでは作っていないらしい。

ラウルもベンチに座ると、おそるおそるおにぎりに手を伸ばす。

けれど、ひとくち食べると、気に入ったのか、そのままあっという間に最後の一粒《ひとつぶ》まで口に運んだ。

「うまかった？」

「……うまかった」

こくんと頷くのが可愛くて、思わず顔が緩《ゆる》む。

「毎日食事をしているというのは驚いたが、悪くないものだな」

もって来たものはほとんど食べ終わり、デザートのブドウを食べつつラウルが言う。

「やっぱり、龍《りゅう》は食べないのが普通なのかな？」

「他《ほか》の龍は分からんが、これまでは人が祭事だと言って振《ふ》る舞《ま》うときくらいしか、食べたことがなかった」

「なるほどなぁ」

そういう生活だったというなら確かに、毎日食事をするのは不思議に感じるだろう。けれど、悪くないと思って貰《もら》えたのならよかったと思う。

「なんか食べたいものとかある？　まぁ、ラウルの住んでる辺りとここら辺じゃ食文化が違うかもしんないから、同じものが作れるかは分かんないけど。肉が食べたいとか、魚が食べたいとかそういうレベルならなんとかなると思うし、いつでも言えよな」

そう言った昴をラウルはどこか戸惑うように見て、小さく頷く。

「それにしても、優秀《ゆうしゅう》な料理人がいるのだなぁ」

スープを飲んだラウルにしみじみと言われて、昴は思わず噴《ふ》き出した。

「なにがおかしい？」

むっとしたように眉《まゆ》を寄せるラウルに、昴は笑いながら口を開く。

「これ、俺とレグナが作ったんだよ」

「なんだと？　……お前とレグナ殿が？」

料理と昴の顔を見比べ、ラウルが目を瞠《みは》る。

まさか気づいてなかったとは……と驚いたものの、すぐに、料理をするという発想自体がないんだろうなと思い直した。これも、できあがったものを運んでいるだけだと思っていたのだろう。

「驚いた？」

「ああ」

ラウルは頷いて、何か考え込むようにまだ少し残っている昼食を見つめる。

「どうかした？」

「いや、自分で作ってまで食事をするというのがなんだか……不思議だ」

「悪くないだろ？」

そう尋《たず》ねると、ラウルはパチリと瞬《また》き、笑った。

「ああ、悪くない」

○

「うわー……一雨きそうだな」

朝の青空が嘘《うそ》のような、黒い雲の広がった曇天《どんてん》を見上げて呟《つぶや》いた途端《とたん》、ぽつりと鼻先に滴《しずく》が落ちた。

「やばい、降ってきた」

「スバル！　こっちは終わったぞ！」

「ああ、ありがとう」

洗濯物《せんたくもの》の手伝いをしてくれていたラウルに、昴は笑って礼を言いつつ、手にしていた服を手早く畳《たた》む。

――ラウルがここに来てから、すでに十日以上が経《た》っていた。

中庭はラウルのお気に入りらしく、よくここで昼寝《ひるね》をしたり本を読んだりしているようだ。たまたま洗濯物を取り込んでいるのを見られて以来、やってきて手伝ってくれるようになっていた。

料理に関しても興味があるようなのだが、やはりレグナのいる場所には近寄りがたいらしい。レグナの前に出たときに、かしこまった様子になるのも変わらない。けれど、一緒《いっしょ》に裏庭で食事をした日以来、昴にはすっかり心を開いてくれているようだ。

昴、昴、と纏《まと》わり付かれるのも嫌《いや》な気分ではなかった。ここに来て以来、話し相手といったらレグナかフィールだけだったから、新鮮《しんせん》だというのもある。

ちなみに食事は、朝夕は居間で、昼だけは天気が崩《くず》れない限り外で摂《と》っている。レグナも一緒のときもあれば、二人きりのときもある。二人のときは随分《ずいぶん》とリラックスした様子なので、昴からレグナに二人にしてもらえるよう頼《たの》んでいるときもあるのだが……。

「とりあえず終わったから、中に――」

入ろう、と言い切る前に、本格的に雨が降り始めた。

二人は籠《かご》の中身を庇《かば》いつつ、慌《あわ》てて回廊《かいろう》へと戻《もど》る。

「洗濯物はなんとか無事だけど……」

ほんの少しの間だったのに、突然《とつぜん》強まった雨脚《あまあし》によって、二人は随分と濡《ぬ》れてしまった。

「フィール！」

「はい、どうしました……って」

呼び声に応《こた》えてそれこそ風のように飛んできたフィールは、二人の様子を見て驚いたように目を瞠る。

「悪いんだけど、風呂《ふろ》の支度《したく》を頼めるかな？　広いほう」

「はい、すぐに！」

フィールはそう言うとまた飛んでいく。風呂の支度は火の精霊《せいれい》に頼めばあっという間に済む。

「とりあえず、風呂に行こう」

「――一緒にか？」

驚《おどろ》いたように目を丸くするラウルに、昴は頷《うなず》く。

「広いし、二人でも充分《じゅうぶん》入れるだろ？」

自分とレグナの寝室《しんしつ》に付随《ふずい》している内風呂ではやや狭《せま》いかもしれないが、フィールに用意するように頼んだのは、景色を楽しみながらゆっくり入れるように作られている大浴場である。

「い、いや、だが……」

レグナと入ることだって多いのだから、ラウルとならば余裕《よゆう》だろう。

洗濯籠《せんたくかご》を持っているから手を引くこともできず、口だけで急《せ》かして歩き出してしまう。

「ほら、風邪《かぜ》ひくとまずいから早く」

振り返ってそう言うと、ラウルもようやく歩き出す。

風呂場に着くと、フィールがもうお湯を張り終わったことを教えてくれた。

「ですが、あの、ラウルさまも一緒に……？」

「？　そうだけど」

まるでラウルと同じようなことを訊《き》いてくるフィールに、昴は不思議に思いつつ答える。

「あ、台所に何か、温かい飲み物を用意しておいてもらえるかな？」

「……分かりました」

フィールはなぜか少し戸惑《とまど》うように言って、風呂場を出て行く。

洗濯籠を降ろすと、そのまま昴は服を脱《ぬ》ぎ始める。幸い着替《きが》えもタオルも今回収したばかりのものがあるから問題はなかった。なんとなく、本末転倒《ほんまつてんとう》という気もしなくはないけれど……。

「どうした？」

単衣《ひとえ》を脱ごうとしたところで、昴はラウルがまだ服を脱ぎ始めてもいないことに気づいて声をかけた。ラウルは視線も外したまま、どこか恥《は》ずかしそうにしている。

「………俺は、いい」

これくらいの歳だと、人と風呂に入るという行為《こうい》が気恥ずかしいのかもしれない。昴にも覚えがないわけではない。

けれど、状況《じょうきょう》が状況だ。

「恥ずかしがってないで。ちょっと温まったら出てもいいから」

言いながらラウルの服に手をかけようとすると、慌てたように後退《あとずさ》る。

「や、やめろって」

「お前がさっさと脱がないからだろ」

そう言って軽く睨《にら》みつつ、再び手を伸《の》ばすと、ラウルはようやく観念したらしい。

「分かった！　自分で脱ぐから！　す、スバルは先に入っていろ」

「――……絶対だぞ？」

あまり信用しないのもよくないかと、昴はそう言うとさっさと服を脱いで洗い場に続くドアを開けた。

桶《おけ》を使ってかけ湯をしてから、湯船に体を浸《つ》ける。床《ゆか》を掘《ほ》り下げる形で作られている石造りの湯船は広く、なみなみと張られたお湯は雨で冷えた肌《はだ》に心地《ここち》いい。

少し経つと、ドアが開きラウルが入ってきた。逃《に》げられなかったことにほっとしつつ、気遣《きづか》ってあまりラウルを見ないようにする。

「ちゃんと肩《かた》まで浸かれよ？」

「分かっている」

ちらりと横目で、ラウルが顎《あご》の下までお湯に浸かったのを確認《かくにん》してほっとする。

「なあ、ラウルは風呂って好き？」

「……嫌《きら》いではない」

「そっか。もっと早く誘《さそ》えばよかったかな」

「なっ……は、はしたないぞ！」

ラウルの口から飛び出した思わぬ言葉に、昴は目を瞠《みは》り、たまらずに噴《ふ》き出した。

「はしたないも何も、俺は男だし」

一緒に風呂に入るくらいどうということもない、普通《ふつう》のことだ。

「だが……」

言い淀《よど》み、ラウルがちらりとこちらを見る。そして、ハッとしたように目を瞠った。

「――それは」

「うん？」

昴は首を傾《かし》げ、ラウルの視線の先、自分の胸元《むなもと》を見下ろす。

「ああ、これか」

そこには、滴の中に二重の円を描《えが》いたような痣《あざ》が浮《う》かんでいる。レグナが言うには、どうやら、龍《りゅう》の鱗《うろこ》を表しているらしい。

「これは、俺がレグナの番《つがい》だっていう証《あかし》だよ」

「番の……証……」

ラウルはなぜか呆然《ぼうぜん》としたように呟いた。

「やっぱり珍《めずら》しいんだよな？　龍同士の番だったらないんだろうし……ラウルのご両親にもないんだろ？」

「あ、ああ。初めて見た」

そう言いながらも、視線は逸《そ》らさない。ただ、じっと痣を見つめ、やがて小さくため息をこぼした。

「――……そうか。そうだった」

「どうした？」

どこか沈《しず》んだ声色《こわいろ》に、昴は首を傾げる。

「いや、なんでもない。……もう、充分体は温まった。先に出ているぞ」

「え、あ、うん」

そう言われれば引き留める理由も見つからず、昴はぼんやりしたままその背中を見送った。

一体何だったのだろうと思いながら、自分の胸元を見下ろし、痣を撫《な》でる。

そうしてしばらく呆《ほう》けていると、脱衣所《だつい》へ続くドアが勢いよく開いた。一瞬《いっしゅん》、ラウルが戻ってきたのかと思ったのだが……。

「あれ？　レグナ？　どうしてここに……」

立っていたのはレグナだった。

「……ラウルは一緒ではないのか？」

「えっ？　ラウルに用事ですか？　さっきまでいたんですけど……」

「そうじゃない」

呆《あき》れたようにため息をつかれて、昴は首を傾げた。

「これでも俺は怒《おこ》っていたんだがな……甲斐《かい》がないというか」

怒っていた？　一体どうしてと思ううちに、レグナは軽く頭《かぶり》を振《ふ》りつつ脱衣所へと戻っていき、すぐに裸《はだか》で入ってきた。

「レグナも濡《ぬ》れたんですか？」

「そうじゃない」

ざぶざぶと湯船に入ってきたレグナはそう言うと、背後に座る。

「あっ、ちょっと……」

体育座りのまま後ろから抱《だ》き込むようにされて、さすがに焦《あせ》った。

「離《はな》れてくださいっ」

「ラウルとは一緒《いっしょ》に入ったんじゃないのか？」

腕《うで》を解こうとした昴に、レグナがむっとしたように言う。

「は、入りましたけど！　ラウルとはこんなくっついてないし……」

そこまで言ってから、なるほど怒っていたというのはそのことかと気がついた。子ども相手に気にしすぎだろうと思うけれど、可愛《かわい》らしいやきもちだと思わなくもないのだから、自分も大概《たいがい》だろう。

「大体、ラウルと入るのと、レグナと入るのとじゃ、俺にとっては全然違《ちが》うんですよ」

「……違う？」

腹に回されていた腕に、わずかに力がこもる。背中がぴったりとレグナの胸板にくっついて、その久々の感触《かんしょく》に顔が熱くなった。

「こんな風にくっつかれたら、恥ずかしいし……」

何より、体が火照《ほて》ってしまいそうになる。

正直、レグナに出会ってから、こんなに長く禁欲したのは初めてだ。ラウルがいる間はだめだと言ったのは自分だけれど、辛《つら》くないわけがなかった。

「恥ずかしがることはないだろう？」

耳元で囁《ささや》かれて、びくりと肩が揺《ゆ》れる。昴は慌《あわ》てて自分の耳を手のひらで覆《おお》う。

「み、耳元で話さないでくださいっ」

「なぜだ？」

その声は楽しそうな笑いを含《ふく》んでいて、答えなどとうに知っていると言わんばかりだ。その証拠《しょうこ》に今度は、耳を覆った手の甲《こう》に口づけてくる。

「んっ……」

やわらかい唇《くちびる》の感触に親指と人差し指の股《また》をねっとりと舐《な》められて、ぎゅっと肩を竦《すく》めた。

「だ、だめですよ？　ラウルが……」

「ここでなら声など聞こえんだろう？　出たばかりだというならば、やってくることもない」

唆《そその》かすような声とともに、胸元に手が伸びる。

「だ、だからって……あ…っ」

中指が乳首《ちくび》に触《ふ》れた。こぼれた声が、風呂場《ふろば》に響《ひび》き、昴は慌てて口元を手のひらで覆う。

風呂場と居住スペースは中庭を隔《へだ》てた位置関係だから、ラウルが部屋に戻《もど》ったならば聞こえるはずがないと分かっているけれど……。

「んっ…んんっ」

そのままゆっくりと指先で捏《こ》ねるようにされて、じわりじわりと快感が広がっていく。だめだ、止めなくてはと思うのに、体はもっとと望んでしまう。もっと触れて、撫でて、もっと先まで全部……。

レグナはそんな昴の気持ちに気づいているのかいないのか、そのままゆっくりと尖《とが》り始めた乳首を撫でつつ、無防備になった耳に舌を入れる。

「ひ……っ」

ぬるりとしたものに耳の穴を犯《おか》されて、昴は息を呑《の》んだ。

「こっちももう、すっかりやる気のようだぞ？」

「は、んっ……んぅ…っ」

下肢《かし》に伸びていた手が、いつの間にか芯《しん》を持っていた場所に触れた。直接的な刺激《しげき》に、体がぎゅっと縮こまり、ぱしゃりとお湯が跳《は》ねる。

わずかに腰《こし》を引いた途端《とたん》、その腰の辺りに固いものが当たっていることに気づいて、ぞくぞくと背筋が震《ふる》えた。昴の体はそれを受け入れたときの快感を、強く擦《す》り込まれている。中を擦《こす》って貰《もら》うことを考えただけで、そこがひくりと収縮するのが分かった。

しかも、それを避《さ》けようとすれば前に回っているレグナの手のひらに、自ら擦りつけること

になる。

「んっ、あ…ぁっ…」

レグナの指が、お湯の中でゆるゆると昴のものを扱《しご》く。

思わず膝《ひざ》でレグナの腕を挟《はさ》み込んだけれど、指の動きまでは止められない。ぐりぐりと先端《せんたん》部分を刺激されて膝が震えた。

「レグ……だめ…っ」

手のひらの下で、懇願《こんがん》するように口を開く。

まだほんの少し触《さわ》られただけなのに、もうすぐにでもイッてしまいそうだった。

「だめではないだろう?」

クスリと笑われて、これはどうあっても止《や》める気はなさそうだと思う。

いや、そんなことはもうとっくに分かっていた気もする。むしろ、今日まで我慢《がまん》してくれたことが奇跡《きせき》のようなものだ。

それならばもう……。

「レグナ……う、うしろも…弄《いじ》って……」

昴の言葉に、レグナが驚《おどろ》いたように息を呑んだのが分かった。羞恥《しゅうち》で顔が燃えるように熱い。

けれど、レグナも昴をからかうほどの余裕《よゆう》はないようだ。

「求められるというのは、嬉《うれ》しいものだな」

それだけ言うと、昴に腰を上げさせて、湯船の縁《ふち》に上半身を伏《ふ》せさせる。

そうして、半分ほど湯から出ている尻《しり》に手をかけた。

「んっ……」

レグナの指が狭間《はざま》を上下に撫で解《ほぐ》し、それからゆっくりと入り込んでくる。

久し振《ぶ》りだというのに、そこはレグナの指をすんなりと呑み込み、まるで待ちわびていたかのようにぎゅっと締《し》めつけた。

いや、それは確かに待ちわびていたのだろう。

レグナが耐《た》えていてくれたように、自分だって随分《ずいぶん》と我慢していたと思う。昼間は、ラウルと過ごすことで忘れていても、夜はぎゅっと体を抱いて耐えることもあった。

こうしてレグナの肌《はだ》を極《ごく》近くに感じれば、それがいやというほど分かってしまう。

そのまま指を増やされる時間がじれったいほどだ。実際、もういいからと何度か口にした。

けれど、レグナは久し振りなのだからと、むしろ念入りにそこを解していく。

「ひ、んっ、あ…あっ……」

指が動かされるたびに、細い声がこぼれた。

気持ちよさに、腰が揺れる。ちゃぷりちゃぷりと腹の下で揺れるお湯の感覚さえも、快感へと結びつく。

やがて指が抜《ぬ》け出ていったときには、ほっとして息がこぼれた。

「スバル、入れるぞ……」

「ん、早く……来て……っ」

恥《は》ずかしくなるような甘く濡れた声で呼ぶ。

「あ…あぁ……っ」

ゆっくりと太いものに開かれて、背中が弓なりに反る。痛みはない。ただ、あまりの快感に膝ががくがくと震えた。

そのまま奥まで埋《う》められて、レグナが覆い被《かぶ》さってくる。

そうしてゆっくりと律動が始まった……。


「……やらかした」

目を開けるとそこは見慣れた寝室《しんしつ》だった。横を見れば、レグナが気持ちよさそうに寝息《ねいき》を立てている。その顔が気のせいか満足そうに見えて、昴はそっとため息をこぼす。

まったく、なんてことを……と思うけれど、半分は自分のせいだというのも分かっている。

窓の外は暗い。月明かりだけが窓辺を照らしている。どうやらあのまま長い間寝《ね》ていたらしい。

ラウルはちゃんと夕食にありつけただろうかと、そう思った途端、空腹であることを自覚した。

昴はそっとベッドを降りると、寝室を出て台所へと向かう。

「明かりをお願いしていいかな」

精霊《せいれい》に声をかけて台所のランプに火を灯《とも》す。

お茶のために湯を沸《わ》かしつつ、何か作ろうか少し迷った。けれど、さすがにこんな深夜にという気持ちもあって、果物を食べることにする。

オレンジの皮を剝《む》いているうちに湯が沸いた。手を洗いお茶を淹《い》れるとそのまま台所の椅子《いす》に座って食べ始める。

「目が冴《さ》えてきたな……」

さすがに柑橘《かんきつ》系は避けるべきだっただろうかと思っていると、小さな足音が聞こえた気がして、昴は耳を澄《す》ました。

やがて足音は止まったが、引き返したという風でもない。

「……ラウル？」

小声で呼んでみると、やがて小さな人影《ひとかげ》が入り口を覗《のぞ》き込んできた。やはりラウルである。

「どうした？　お前もお茶飲む？」

昴の声に、ラウルは逡巡《しゅんじゅん》ののち、こくりと頷《うなず》いて台所へと入ってくる。

昴は急須《きゅうす》に残っていたお茶をカップに注ぐと、向かいに置いた。ラウルはカップの置かれたテーブルの椅子に座ると、じっとカップを見つめている。

眠《ねむ》いのか、どことなくテンションの低い様子だ。

「ひょっとして、夕飯食べてない……とか？　俺、寝ちゃってて全然分かんないんだけど」

レグナもあのまま寝てしまっていたなら、充分《じゅうぶん》あり得る。

「いや、レグナ殿《どの》が振《ふ》る舞《ま》ってくれた」

「そっか。よかった」

頭《かぶり》を振ったラウルにホッと胸を撫《な》で下ろす。二人きりの食事風景というのがどうにも想像できないけれど……。

「はい」

「……もらおう」

差し出したオレンジの房《ふさ》をラウルは受け取ると、ちまちまと剥いて口に運ぶ。

最初に食べたときに、そのまま小房ごと口に入れそうになったことを思い出して、昴はクスリと笑った。

「なんだ？」

「いや、ラウルも随分慣れてきたなって思ってさ」

ちょいちょいとオレンジを指さすと、ラウルは少し恥ずかしそうに顔を顰《しか》める。

「もうここに来て随分経《た》つからな」

「それもそうか。……もう折り返してるんだもんなぁ」

そんなつもりはなかったけれど、口にした途端《とたん》どこかしんみりとした響《ひび》きになって、昴はごまかすように笑う。

見ると、ラウルはきゅっと唇《くちびる》を引き結んでいた。

失言だったなと思いつつも、ラウルも少しは淋《さび》しいと思ってくれている証左のようで、胸の奥が温かくなる。

ラウルが来てから十日以上——正確にはこの夜が明ければ十三日目になる。滞在《たいざい》は最長で二十日と聞いているから、実際はそれより短くなる可能性が高い。

もう、残された時間は決して長くない。そう思うとやはり淋しさは否《いな》めない。

そんなことを考えているうちに、いつの間にかカップのお茶は空になっていた。ラウルももうほとんど飲み終わっているようだ。

「おかわりは？」

「いや、いい」

頭を振るラウルにそうかと頷く。

「じゃあ、寝るかぁ」

「あっ」

呟《つぶや》いて椅子から立ち上がった昴に、ラウルが焦《あせ》ったように声を上げた。

「ん？　どうした？」

「……前から気になっていたんだが、お前はどうしてレグナ殿の番《つがい》になったのだ？」

「どうしてって……」

思わぬ問いに驚《おどろ》きつつ、昴はもう一度椅子に腰掛《こしか》ける。

もちろん理由は、好きだから、以外にないけれどそんなことを素面《しらふ》で口に出すのは恥ずかしかった。

「人が龍《りゅう》の番になるなんて、珍《めずら》しいだろう？　いやではなかったのか？」

答え倦《あぐ》ねる昴に、ラウルが重ねて問う。

「いや、かぁ……」

その言葉に懐《なつ》かしさを感じ、昴は思わず目を細めた。

「確かにいやだと思ってたな」

男でしかも龍の番になんて絶対に嫌だ、なりたくない、と思っていた。しかし、考えてみればそう思っていた頃《ころ》からさほどの時間が経ったわけでもないのだ。

日本にいた頃と合わせたら、嫌だと思っていた期間のほうが、ずっと長い。

「ならばなぜだ？」

「……なんでだろうなぁ」

本当はずっと、嫌《いや》ではなかったのかもしれない。ただ、自分のいる場所の価値観に照らし合わせて嫌だと思い込んでいただけで。

「実際に会ったら、だめだったっていうか」

「だめ？　なのか？」

パチリと瞬《また》くラウルに、これでは誤解を招くばかりかと昴はそっと息を吐《つ》く。

「……レグナじゃなきゃだめだって、分かったってこと」

言いながら、胸の中にほんのりと熱が灯る。その熱が移ったかのように、じわりと頬《ほお》が熱くなった。

驚いたように見つめてくるラウルの視線が恥ずかしく、昴は俯《うつむ》いて空だと分かっているカップの底を覗き込んでしまう。

「――そんなに、愛されているのだな。レグナ殿は」

ぽつりと落とされた呟きに、ますます頬が熱くなった。

何か言うべきかと思うが、そんなことはないと否定するのもおかしいし、だからといって肯《こう》定《てい》するのは恥ずかしい。

ぐるぐると思案するうちに、カタンと椅子の脚《あし》が音を立てた。

「先に戻《もど》る」

「……えっ」

驚いて顔をあげると、すでにラウルは台所を出ようとしている。

「あ、おやすみ！」

その声は届いただろうけれど、返事はなかった。

男同士の色恋《いろこい》を話したことで気を悪くしたのだろうかと、ちらりと思ったけれど、それならば訊《き》いてきたりはしないだろう。

それに以前レグナが、龍は男同士であることには拘《こだわ》らないと言っていた気がする。

「呆《あき》れられたのかなー……」

堂々と惚気《のろけ》たようなものだったしと、やや反省しつつ、二人分のカップを流しに運び、昴も寝室《しんしつ》へと戻ったのだった。

〇

「……避《さ》けられてる」

夕食のあと、風呂《ふろ》から戻った昴はベッドにごろりと横になって呟いた。

「どうした？」

先に風呂を使い終わっていたレグナは、昴の様子に首を傾《かし》げつつベッドの端《はし》に腰掛けると、まだひんやりと湿《しめ》り気を帯びている髪《かみ》に触《ふ》れる。

「ラウルに、避けられてるんです」

夜に一緒《いっしょ》にお茶を飲んでから、二日。

この二日間、ラウルとは食事どき以外まったくと言っていいほど顔を合わせていなかった。

いや、食事でさえ、レグナのいない昼食は一人で食べたいからと追い返されたくらいだ。

知る限り中庭にも出ていなかったし、部屋に訪ねれば寝《ね》ていたとか、一人で考えたいことがあるだとかで追い出されるし……。

やはり、あの夜の会話が原因だろうか？

「――――そうか」

「なんで、うれしそうな顔してるんですか？」

思わず半眼になったが、レグナは悪びれることなく微笑《ほほえ》んで髪を撫《な》でた。

「当然だろう？　ここのところスバルがあの男に構いきりで、俺は随分《ずいぶん》と淋しい思いをさせられていたんだぞ？」

前髪をかき上げ、ちゅっと額に唇を落とされて、昴は思わず視線を泳がせる。

「それは、その……す、すみません……」

確かに、レグナとの時間は随分減っていた。風呂での例外的な一件を除けば、スキンシップ自体も減っているわけだし……。

「で、でも！　ラウルがいるのはもうあと少しじゃないですか……」

ラウルがここに来てから十四日。明日《あした》には十五日目になる。もう、いつ帰る日が来てもおかしくはない。

「ラウルが帰るのって、前もって分かるんですか？」

「そうだな、バハルのことだ、前日に手紙が届く可能性が高いだろう」

「そうですか……」

ということは少なくとも、明日急に迎《むか》えが来るということはなさそうだ。

そのことに、少しだけホッとする。それでも、明日には手紙が届くかも知れない……。

「――――龍にとって、人と番《つが》うことって、やっぱりおかしいことなんでしょうか？」

「……ラウルがそう言ったのか？」

「ち、違《ちが》います！」

眉《まゆ》を寄せたレグナに、昴は慌《あわ》てて頭《かぶり》を振《ふ》る。

「そうじゃなくて、その……」

昴は悩《なや》みつつ、あの夜に話したことを説明する。やはり原因は、そのことだとしか思えなかった。

あの日初めてしたことという意味では、一緒に風呂に入ったこともそうだが、もしそれが原因ならば、夜に話しかけてくることもなかっただろう。

去り際《ぎわ》の様子も、おかしかった。

「俺が愛されていると、そう言っていたのか？」

「……そうですけど」

本人のいないところで惚気た内容を、本人に解説するという羞恥《しゅうち》プレイに、昴は顔をブランケットに埋《うず》めて頷《うなず》く。

「なるほど……」

ちらりと目だけを出してレグナを見て、昴はパチリと瞬いた。

レグナは意外にも、少し困ったような顔をしている。

てっきり、笑われていると思ったのだが……。

「何か分かったんですか？」

「────いや、とりあえずそっとしておいてやったらどうだ？」

「……うそつき」

ブランケットの下で、昴はぼそりと呟《つぶや》く。

何も分かっていないのなら、さっきの表情はなんだったというのか。

「本当は何か分かったんでしょう？」

軽く睨《にら》むと、レグナは少し意地の悪い笑《え》みを浮《う》かべる。

「うん？　まぁ、スバルが知る必要のないことだ。────敵に塩を送る気はないからな」

「敵って……」

この場合はもちろん、ラウルのことだろう。よほど自分がラウルにかかりきりだったことが気にくわなかったのだろうか？

「……よく分かんないですけど、教えてくれる気がないことは分かりました」

結局、レグナから聞き出すことは諦《あきら》めて、昴はため息をこぼした。

「怒《おこ》ったか？」

「怒ってません。……ちょっと呆れただけです」

実際には、呆れただけでもなかったけれど。

子ども相手に大人げないとは思うけれど、それだけ愛されているということだと思うと、恥《は》ずかしくもちょっとだけ嬉《うれ》しいのも事実だった。

「ただ、人が龍《りゅう》の番《つがい》であることに対して、反発や嫌悪《けんお》があるわけではないと思うぞ」

「……そうですか」

ならばやはり、惚気られたと思っているだけなのか。

それにしてはレグナの態度が……。

相談したことでより謎《なぞ》が深まってしまい、昴はもう一度ため息をつく。

――けれど、それだったら……。

「……俺、ちょっとラウルの部屋に行ってみます」

「こんな時間にか？」

体を起こし、そのまま勢いでベッドから降りようとした昴は、レグナの言葉に動きを止める。

確かに、もう部屋を訪ねるには遅《おそ》い時間だ。

逡巡《しゅんじゅん》し、結局昴は諦めて、床《ゆか》につけようとしていた足をもう一度ベッドの上へと引き上げる。

「明日にします」

「ああ、それがいい」

頷いたレグナは、吐息《といき》一つで室内の明かりを消すと、昴の横に体を滑《すべ》り込ませた。

しかし、翌日……。

「ラウル、昼食を持ってきたけど……」

朝食以降、やはり部屋にこもってしまったラウルの部屋に昼食を口実にそう声をかけてみた。

しばらくしてドアが開く。

「レグナ殿《どの》は一緒か？」

問われて、頭を振る。

一緒だと言えば、出てきてくれると分かっていたが、レグナのいるところでは本音を聞くことはできないと分かっていたし、だからといって嘘《うそ》もつきたくない。

「悪いが、一人で食べたい」

案の定そう言われてしまい、昴は肩《かた》を落とした。

「そんなこと言わないで、一緒に食べよう？」

「……何か話したいことでもあるのか？」

「それは、その、ラウルの故郷の話、とか、読んだ本の話、とかさ」

今まではそうして過ごしてきたじゃないかと思いながら口にするけれど、返ってきたのはため息だ。

「そんなのは散々話しただろう？　悪いが、一人で考えたいことがあるんだ」

結局、そう言われて、すげなく追い返されてしまった。

一人分になったトレイの上の食事を見てため息をこぼしつつ、昴は居間へと向かう。

「だめだったのか？」

そう言ったレグナは、まだ食事に手をつけていなかった。

どうやら昴が戻《もど》ってくると予想して待っていてくれたらしい。ありがたいような腹立たしいような複雑な気分で、昴は頷くと、トレイをテーブルに置き、ラグの上に座る。

どうしてあんな頑《かたく》なな態度をとられるのか分からなくて、正直ものすごく淋《さび》しい。

「……そんな顔をするな」

慰《なぐさ》めるように頭をぐりぐりと撫でられて、昴は小さく頷いた。

そのときだ。

「レグナ様」

フィールが居間へと飛び込んできた。両手で何か、白いものを捧《ささ》げ持っている。

「お食事中に失礼します。たった今届きました」

そう言ってフィールが差し出したのは、ラウルが来た日に差し出してきたのと同じ意匠《いしょう》の入った封筒《ふうとう》だった。

ドキリと心臓が鳴る。

「ご苦労だったな」

レグナにももちろん分かったのだろう、受け取ると、すぐに封筒を開いた。

「………明日《あした》の昼前には着くそうだ」

ざっと目を通すと、そう言って昴に便箋《びんせん》を渡《わた》してくれる。

そこには無事に卵がふ化したことや、女の子だったという報告に続いて、レグナへの礼が書かれていた。そして最後に、レグナの言葉通り、ラウルを明日の昼前には迎《むか》えに行く、とある。

予想していたこととはいえ、ショックだった。もちろん、無事に卵がふ化したことは喜ばしい。きっと、ラウルも喜ぶだろう。

けれど、昴にとってはやはり、ラウルと別れる淋しさのほうが先に立った。

「レグナ、これ、俺が知らせてきてもいいですか……？」

便箋を持つ手に力が入ってしまいそうになるのを堪《こら》えつつ、レグナを見つめる。

レグナは困ったような顔をしたが、結局は頷いてくれた。

「本来は俺から話すべきなんだろうが……スバルがどうしてもと言うならば仕方ない」

「ありがとうございますっ」

昴はそう言うと、急いで立ち上がり、ラウルの部屋へと向かう。

ノックとは言えないほどの大きな音を立ててドアを叩《たた》くと、内側からドアが開いた。

ラウルは昴を見てわずかに眉《まゆ》を寄せる。

「なんの用だ？」

「これ……今届いたって……」

言いながら便箋を渡すと、ラウルは驚愕《きょうがく》したように目を見開いた。そして、ゆっくりと便箋に手を伸《の》ばし、受け取る。

そんなに長い文章ではない。けれど、長い間ラウルは便箋を見つめたまま動かなかった。

「……ラウル、あの……おめでとう」

迷って、そう声をかけるとラウルの肩がぴくりと震《ふる》える。

「けど、ごめん。俺、祝わなきゃって分かってんのに——正直淋しい」

大人なのに、みっともなく震えた声に、ラウルは驚《おどろ》いたように顔を上げた。その顔は、何かに耐《た》えるように歪《ゆが》んでいる。

そして……。

「っ……！」

突然《とつぜん》、ぎゅっと抱《だ》きつかれて、昴は思わずよろめいた。

けれど、ラウルは離《はな》れない。昴は驚いて目を瞠《みは》ったものの、縋《すが》り付くような力に、じわりと目の奥が熱くなる。

自分の胸辺りにある頭をそっと撫《な》でる。

こんな風にされたら、さすがに嫌《きら》われたわけではなかったのだと分かった。そのことは嬉しかったけれど、そのせいでもっとずっと淋しさが増してしまう。

「俺も、スバルと離れたくない……」

くぐもった声が聞こえて、昴は唇《くちびる》を嚙《か》みしめた。

そうしないと泣き出してしまいそうで……。

しばらくそうしていたけれど、やがてラウルはそっと顔を上げた。

泣いているかと思ったけれど、どうやらそれは堪えたらしい。涙《なみだ》のあとはなかった。

「取り乱して悪かった。────……中に入ってくれ」

招かれて、昴はラウルに続いて部屋の中へと入る。そして、促《うなが》されるままソファへと腰掛《こしか》けた。テーブルの上には、まだ食べかけの皿が置かれている。

正面に座るかと思ったラウルは、隣《となり》へ座り、体を昴へと向けた。

「ごめん。スバル……こんなことを言うべきじゃないと分かっている。だが、言わなければ俺は、きっとずっと後悔《こうかい》する」

そう言うと、ラウルの手が昴の手をぎゅっと握《にぎ》り締《し》める。

少し湿《しめ》った手のひらは、子どもらしく少し体温が高い。それがなんだかとても、切なかった。

だが、それに反して、真っ直《す》ぐに自分を見つめてくる瞳《ひとみ》は、覚悟《かくご》を決めたような鋭《するど》さがあり、子どものものとは思えない。

その違《ちが》いと、ラウルの言葉に戸惑《とまど》いながらも、昴はラウルを見つめ返した。

「スバルのことが好きだ」

「……えっ？」

一瞬《いっしゅん》、何を言われたか分からなかった。

「どうか、俺とともに来て欲しい」

「……ちょ、ちょっとまってくれ。ともにって……好きって…」

一体どういうことなのか、分からなくて混乱する。

「スバルがレグナ殿を愛していることは分かっている。だが、俺もお前を愛してしまった。今は敵《かな》わなくとも、ともに来てくれるならば必ず幸せにする。生涯《しょうがい》をかけて守り抜《ぬ》くと誓《ちか》う」

自分の手を握っている手にぎゅっと力がこもった。

さすがに、ここまで言われれば理解せざるを得ない。

――これは、いわゆる愛の告白をされている、のだ。

カッと頰《ほお》が熱くなる。

まさか、ラウルが自分をそういう対象として見ているなんて、少しも考えたことがなかった。

いや、もちろん子どもの言うことだ。真に受けるのもどうかとは思うけれど、こんな熱烈《ねつれつ》に言われれば多少は照れもする。

また、同時に思ったのは、このところの態度もこのせいだったのか、ということだった。

なんというか、失恋《しつれん》した相手と顔を合わせづらいというような……。

そう考えると、なんとも申し訳ない気分になる。

それはもちろん、自分がラウルの気持ちを受け入れることはできないと、分かっているからだ。

でも、傷つけたいと思っているわけではもちろんない。

できることならば、恋の相手が自分とレグナでさえなければ、心から応援《おうえん》してやりたいくらいなのだから。

「————……ありがとう、ラウル」

昴はそう言って、微笑《ほほえ》む。だが、続いて「ごめん」と謝罪の言葉を口にした。期待させるわけにはいかない。そんなのは余計に残酷《ざんこく》だろう。

そして、相手が子どもだからと適当な返答をする気もなかった。

ラウルの言葉が、真剣《しんけん》なものだということは痛いくらい伝わってきていたから……。

「俺はレグナの番《つがい》だから、ラウルとは一緒《いっしょ》に行けない。ラウルのことは好きだけど、レグナを思う気持ちとは違うから」

「………昴が俺を愛してくれるまで、いつまでも待つと言ってもか？」

「うん。俺はもう、レグナを百年も待たせたんだ。これからはずっと傍《そば》にいるって、心に誓ってる。だから、ごめん。待たないで欲しい。ラウルの大切な時間を無駄《むだ》にして欲しくない」

待たれても、応《こた》えられる日は来ないから。

ラウルは辛《つら》そうに一度眉を顰《ひそ》めたけれど、やがてそっとため息をついた。同時に握られていた手が離される。

「分かった」

泣きそうな目に、胸が痛む。

けれど、もう昴に言える言葉は何もない。

「帰り支度《じたく》をするから、しばらく一人にしてもらえるか？」

そう言ったラウルに頷《うなず》いて、昴は立ち上がり部屋を出た。

途端《とたん》、ドアの横にレグナが立っていたことに驚いて目を瞠る。かろうじて声は出さないままにドアを閉めた。

そしてレグナの腕《うで》を引いてその場を離れ、寝室《しんしつ》に入る。

「それで、あそこで何やってたんですか？」

「万が一のことがあっては困ると思って見張っていただけだ」

レグナは悪びれることなく言った。

その態度に、昨夜のことを思い出す。

「……レグナは、ラウルの気持ち、気づいていたんですか？」

「当然だろう」

そんなにあっさりと頷かれると、自分が随分《ずいぶん》と鈍《にぶ》いみたいに思えて落ち込んだ。

「一体いつから……」

「昼食を別に摂《と》り始めた頃《ころ》からだな」

「ここに来て結構すぐですよね、それ……」

嘘《うそ》だろう？　と思う。

けれど、実際こうなっている以上否定はしきれない。

「一緒に風呂《ふろ》に入ったと聞いたときは肝《きも》が冷えた」

「……すみません」

あのときは子ども相手に随分大げさだなと思ったし、正直エロいことをする口実だとばかり思っていた。

「でも、相手は子どもだし……」

「見た目はそうでも、歳は昴より上だからな」

「――――え？」

「番を作ることもできる歳だ。警戒《けいかい》するのは当然だろう？」

重ねられていく言葉に、昴はただただ驚《おどろ》いて、ぽかんと口を開いたまま固まってしまう。

年上？　誰《だれ》が？　ラウルが？

「冗談《じょうだん》でしょう？」

「冗談なものか。まさか、本当に子どもだと思っていたのか？」

やや呆《あき》れを含《ふく》んだ声に、こくんと頷く。

当然思っていた。

いや、確かに龍《りゅう》なのだから見た目通りの歳ではないのかも、と一度は思ったのだ。しかし、それでも自分より年上だとは考えていなかった。

「まぁ……スバルらしいな」

「絶対褒《ほ》めてないですよね。それ……」

言い返しつつも、がっくりと肩《かた》を落とし、昴はクッションに埋《う》もれるように座り込んだ。

ぎゅっと瞼《まぶた》を閉じると、浮《う》かんでくるのはラウルの泣きそうな目だ。

小さな子を傷つけてしまったという罪悪感は薄《うす》らいだけれど、逆に自分の行動の端々《はしばし》にあった子ども扱《あつか》い——主に風呂の件などが、随分非常識な行動だった気がして、申し訳なくなる。

「はしたないとか言ってたもんな……」

いや、それでも、もし同じ歳くらいに見えたとしても、男同士だった時点で自分は気にせず風呂に入れていた気がするけれど……。

「落ち込んでいるのか？」

「それは……そうですよ」

「俺は、スバルがはっきりと、断ってくれて嬉《うれ》しかったがなぁ」

隣《となり》に座ったレグナが慰《なぐさ》めるように肩を抱《だ》いてくれる。

「俺の傍に、ずっといてくれると、そう誓いを立ててくれていたと知って、歓喜《かんき》に胸が震《ふる》えた」

そう言いながら、愛《いと》おしいと告げるように髪《かみ》にキスされて、頬が熱を持つ。

「っ……盗《ぬす》み聞きはよくないと思います」

恥《は》ずかしさのあまり、クッションを抱き込み、そこに顔を埋《うず》めた。

なんだか昨夜から、恥ずかしいことばかり聞かれている気がしてならない。

「ラウルのおかげで、スバルの気持ちをいくつも知ることができた。悪いことばかりではなかったな」

「別に、レグナに聞かせるつもりで言ったわけじゃないんですからね？」

少しだけ顔を上げ、軽く睨《にら》み付けつつそう言った。

もちろんすべて本心だけれど、どれもこれも面と向かって言うには恥ずかしい言葉ばかりだったように思う。

「分かっている。だが、そのほうがより本心に近いということもあるだろう？」

本人に聞かせるつもりではなかったからこそ、飾《かざ》らずにこぼれ出るものがある。

そう言われればそれは確かにそうで……昴は苦笑《くしょう》するしかない。

それに、今までの話を総合すれば、レグナはラウルの気持ちに気づきつつも、昴がラウルに居場所を与《あた》えて、楽しく過ごさせたいと言った、その気持ちを尊重してくれていたことになる。

「……俺がラウルのことを優先するの、嫌《いや》じゃなかったですか？」

少しだけ不安になってそう訊《き》いてみる。レグナは笑って頭《かぶり》を振《ふ》った。

「スバルを信じているからな」

その言葉に、じわりと胸の奥が温かくなる。

「そんなこと言いつつ、やきもち焼いてたじゃないですか」

そんな風に言いながらも、本当は分かっている。

時折やきもちは焼いていたけれど、それでもやめさせようとはしなかった。

レグナの気持ちが、本当に嬉しくて――――この想《おも》いに殉《じゅん》じたいと心から思う。

たとえ、誰かを傷つけても……。そう思う自分の酷《ひど》さを自覚しながら、昴はそっとレグナの唇《くちびる》に口づけた。

○

翌日、約束通り昼前に、迎《むか》えが来た。

昨日夕食は断ったラウルだったが、最後と分かっていたからだろう、朝食の席には現れ、かしこまった態度でレグナと昴に礼を述べた。

気まずさはあったが、表面上和《なご》やかに朝食を摂り、食器の片付けをしていたときだ。

ラウルの父、バハルが来たとフィールが知らせに来た。先に知らされていたのだろう、すぐに、レグナがやってきた。

「ラウルは、俺が呼んでくるよ」

「……そうか。なら先に行っていよう」

レグナは苦笑してそう言うと、昴を送り出してくれる。

「中庭におられるようですよ」

「そっか、ありがとう」

フィールに礼を言って、中庭へと足を向けると、ラウルは木の根元に寝転《ねころ》んでいた。

ここに来た、最初の日のように。

「ラウル」

声をかけると、ラウルがゆっくりと体を起こす。

「お父さんが迎えに来たって」

「……そうか」

そう頷《うなず》く態度は落ち着いていた。

「行こう」

手を差し出すとパチリと瞬《またた》き、微笑《ほほえ》んで摑《つか》んでくれる。そのことにほっとしつつ、その体を引き起こした。

何か言いたいと思ったけれど、何を言えばいいか分からない。

ラウルに会えてよかった？　短い間だったけど楽しかった？　また遊びに来いよ？

どれも本当の気持ちだけれど、口にするには傲慢《ごうまん》で、デリカシーのない言葉な気がした。

だから、摑まれた手を離《はな》す前に一度だけ、ぎゅっと力を込める。

そして、そのまま一緒《いっしょ》に前庭に向かう。

そこでレグナと談笑していたのは、レグナより少し背の低い男だった。

ラウルと違《ちが》い、癖《くせ》のない黒髪《くろかみ》をしていたが、濃《こ》い色の肌《はだ》と目鼻立ちはよく似ている。もちろん、実際はラウルが彼に似ていると言うべきなのだろうが。

バハルは久し振《ぶ》りに再会した息子《むすこ》を軽く抱《だ》き締《し》めたあと、レグナへと礼を述べ、それから昴の存在に不思議そうに首を傾《かし》げた。

「こちらは……」

「俺の番《つがい》だ。名をスバルという」

レグナは昴の肩を抱き、そう紹介《しょうかい》する。

「なんだと？　番？　——ひょっとして、例の術が成ったのか？」

驚いたように目を瞠《みは》ったバハルに、レグナは頷いた。

「お前には感謝している。今回のことはその礼だと思ってくれればいい」

「……そうか。ならばこれで貸し借りはなしだな」

そう言ってバハルは楽しげに笑い、それから昴を真っ直《す》ぐに見つめた。

「レグナが番を得たことを知らず、ご迷惑《めいわく》をおかけしました」

「い、いえ、そんな。迷惑だなんて全然……」

バハルの言葉に、昴は慌《あわ》てて頭を振る。

そして、ちらりと父親の横に立つラウルを見た。そして、ハッとする。

ラウルもまた、昴を見つめていた。

昨日の泣き出しそうな瞳《ひとみ》とはまるで違う、強い意志を孕《はら》んだ目を真っ直ぐに向けられて、ドキリとする。そんなラウルの様子に気づいているのかいないのか、バハルが再び口を開いた。

「本当にありがとうございました。レグナもありがとう。それと、遅《おそ》くなったが……番のこと、本当におめでとう」

「ああ、お前もな」

レグナがそう言うのに従って、昴はラウルから視線を逸《そ》らし、バハルに頭を下げる。

次に口を開いたのは、ラウルだった。

「レグナ殿《どの》、突然《とつぜん》の訪《おとな》いに対して歓迎《かんげい》していただき、本当にありがとうございました」

ハキハキとした口調でそう言うと、頭を下げる。

「それから……スバル」

今度は少しやわらかい――――いや、甘い口調だった。バハルが驚《おどろ》いたような顔をしているのが、視界の端《はし》に映る。

「決めたぞ、俺は諦《あきら》めない」

「……え？」

意志のこもった瞳が、きらきらと輝《かがや》く。

「いずれお前の背を抜《ぬ》いたらまた来る。二度と子ども扱《あつか》いできないようにしてやるから覚悟《かくご》をしておけ！」

そう言い放ち、ニッと笑うとラウルは答えを聞くことなく龍《りゅう》に変化《へんげ》し、飛び立った。

バハルは突然のことにぽかんとした顔をしていたけれど、ラウルが飛び去るとすぐに我に返る。

「す、すまない。いや、なんというか、ああいうことを言う子ではなかったんだが……ああ、すまない、とにかく追わなければ……！　失礼したな！」

慌てたようにそう言うと、バハルも龍に変化してラウルのあとを追いかけていった。

残された昴とレグナは顔を見合わせる。

「――俺の番は実によくモテるな」

「人間にモテた例《ためし》はないんですけど……龍に好かれる顔なのかなって、ちょっと本気で思えてきました……」

昴の言葉に、レグナはパチリと瞬き……。

「それでも、ずっと傍《そば》で俺だけを愛してくれるんだろう？」

幸せそうに笑って、ゆっくりとキスをした。

あとがき

はじめまして、こんにちは。天野《あまの》かづきです。この本をお手にとってくださって、ありがとうございます。

ここのところ少しずつ秋めいて、朝晩は涼《すず》しく過ごしやすくなって参りました。ところがリビングと仕事部屋が南向きのため、日の出ている間は室温が二十七度……。PCからの発熱もあってまだまだ暑さに呻《うめ》いていたりします。秋を満喫《まんきつ》、とはなかなかいかないようです。

さて、今回は前世ものです。前世では雄《おす》の龍《りゅう》といい仲だったというとんでもない記憶《きおく》をもった受が、その龍に召喚《しょうかん》されて番《つがい》になれと襲《おそ》われ口説かれ……というお話です。

前世の記憶とか、大昔、中学二年生（ソフトな表現）だったわたしはちょっと憧《あこが》れたものでしたが、実際にあったらきっと大変ですよね。でもやはり二次元においてはロマンなのではないかとも思ったり……。

そんなわけで今回も異世界トリップものを書かせていただいたのですが、少しでも異世界トリップにロマンを感じていただけましたら、前作『異世界で四神獣《しんじゅう》に求婚《きゅうこん》されました。』や、前々作『虎《とら》の王子様』なんかも併《あわ》せてよろしくお願いします（ダイレクトマーケティング）。

また、イラストを引き受けて下さった陸裕先生には、今回も大変お世話になりました。わたしのイメージが貧困なばかりに、ご面倒《めんどう》おかけしていつも申し訳ありません。表紙のカラーを拝見したのですが、本当に美麗《びれい》で、攻《せめ》がかっこよくて、あと足も！　個人的に！　大好きです！

担当の相澤《あいざわ》さんにも、大変お世話になりました。お忙《いそが》しい中いつも本当に、ありがとうございます。これからもよろしくお願いします。

最後になりますが、ここまで読んで下さった皆様《みなさま》にも、大変感謝しております。少しでも日常を離《はな》れて、楽しんでいただけたでしょうか？　もしそうであれば、これ以上の喜びはありません。これから少しずつ寒くなって参りますので、お体にお気をつけてお過ごしください。皆様のご多幸と、またどこかでお目にかかれることをお祈《いの》りしております。

二〇一五年一〇月

天野かづき

KADOKAWA RUBY BUNKO

前世《ぜんせ》は龍《りゅう》のツガイだったようです。

天野《あまの》かづき

角川ルビー文庫　R97-44　19481

平成27年12月1日　初版発行

発行者――三坂泰二
発行――株式会社KADOKAWA
東京都千代田区富士見2-13-3
電話(03)3238-8521(カスタマーサポート)
〒102-8177
http://www.kadokawa.co.jp/
編集企画――コミック＆キャラクター局 エメラルド編集部
印刷所――旭印刷　製本所――BBC
装幀者――鈴木洋介

ISBN978-4-04-103294-7　C0193　定価はカバーに明記してあります。

大好評発売中!!
虎の王子様
お前と早く『交尾』したくて、
頑張って大きくなったんだ――。
育てた「虎」に
美味しく食べられちゃう!?
獣の国の虎王子×
ベビーシッターの
異世界トリップ☆ラブ!!
ベビーシッターの募集を見つけた途端、現れた魔方陣に吸い込まれ異世界に落ちた青。そこには超ラブリーな子虎の王子様と、獣の耳を持つ獣人達がいた。子虎が成人するまでの数週間、子虎の世話を引き受けることにした青だけど、突然成長し人型になった王子に、お前と早く交尾したくて大きくなったとのしかかれて…!?
天野かづき
イラスト◆海老原由里
角川ルビー文庫
KADOKAWA